I0635104

LES SOUTERRAINS

DE BIRMINGHAM.

LES SOUTERRAINS

DE BIRMINGHAM,

OU

HENRIETTE HEREFORT;

Par M.me GUENARD-DE-MÉRÉ,

Auteur des Mémoires de la princesse de Lamballe.

TOME TROISIEME.

A PARIS,

Chez LEROUGE, Libraire, Cour du Commerce,
Quartier St.-André-des-Arcs.

1822.

LES SOUTERRAINS

DE BIRMINGHAM.

CHAPITRE XXXV.

L'ÉVÉNEMENT qui avait pensé coûter
la vie au comte Herefort, devait faire
présumer que l'homme au javelot n'oserait plus se présenter devant Henriette,
après avoir versé le sang de son père ;
d'ailleurs, les souterrains, depuis cet
instant, furent changés en arsenal, et le
nombre d'hommes qui s'y trouvaient,
ne rendait plus leur habitation propre à
se dérober aux recherches que l'on voudrait éviter ; et en effet, Henriette ne
reçut plus d'avertissement du mysté-
rieux personnage de se rendre dans la
galerie basse : on devrait croire que c'é-
tait un grand repos pour elle ; mais comme aussi elle n'entendait plus parler

d'Edgard, son inquiétude sur le sort de cet être qu'elle adorait ne pouvant s'imaginer, elle résolut de se procurer de ses nouvelles à quelque danger qu'elle s'exposât pour y parvenir.

Fanny lui avait dit que son sombre voisin était revenu sur la montagne, qu'il ne sortait presque point de sa cabane, et elle se décida à s'y rendre. Un jour que sa mère avait beaucoup de monde chez elle, et que son père était à la chasse, elle demanda à mad. Roberson et à Edmond s'ils voulaient la suivre chez Fanny. Elle fait porter son frère par une de ses femmes (car il faut nous accoutumer à l'appeler ainsi), et se rendant au bord du Tam, elle monte une barque et traverse les belles prairies qui environnent Birmingham, et fait attacher le bateau à un saule, lorsqu'ils arrivent sur les bords arides et pierreux qui sont au sud de la montagne où elle s'était arrêtée la première fois, avec milady Anna ;

mais l'aspect de ces lieux lui paraît changé ; elle y voit un beaucoup plus grand nombre de chèvres, et les enfans qui les gardent sont bien vêtus ; ils ne demandent plus l'aumône ; le sentier qui mène aux cabanes est à présent tellement conduit, que l'on s'aperçoit à peine que l'on monte. Le bord est planté de jeunes pins, qui, un jour, y procureront de l'ombrage ; au pied, on y a mis de la pervenche ; la cabane de Fanny n'a plus l'air délabrée, elle est couverte en tuiles, les murs sont fraîchement recrépis ; l'autre cabane est aussi en meilleur état ; enfin, tout annonce qu'un être bienfaisant s'est occupé du sort des habitans de la montagne.

Que l'on juge de la joie de cette bonne femme, quand elle aperçut sa bienfaitrice ; tous ses enfans, grâce à lady Herefort et à sa fille, ne portent plus les livrées de la misère ; il y a, dans la cabane, de bons lits, et quelques meubles s'y trouvent, non ceux de luxe, mais

ceux que nous nommons d'absolue nécessité. Fanny a été accoutumée aux
commodités de la vie, quand elle était
chez milady Wilz. « Je vois, dit Henriette, en s'asseyant dans un assez bon
fauteuil, que vous êtes mieux que le jour
où nous sommes venus chez vous; mais
j'ai peine à comprendre comment, avec
le peu d'argent que nous avons été assez
heureux de vous donner, vous avez pu
ainsi changer l'aspect de cette habitation?
— Les réparations, miss (car elle ne savait pas qu'Henriette était mariée), les
réparations, ce n'est pas moi qui les ai
fait faire. Voici ce qui s'est passé :

« Un matin, avant que moi et mes
voisins fussions allés aux champs, sont
arrivés quarante ouvriers avec des char-
rettes remplies de tout ce qui pouvait
être nécessaire pour réparer toutes les
maisons du hameau. On leur a demandé
qui les envoyait; ils répondirent que
c'était le gouvernement, et ils ont ajouté :

n'ayez pas peur, vous ne paierez pas un sou. On les a laissé faire, et en moins de huit jours, voilà ce hameau, dont les maisons tombaient de toutes parts, qui a été remis à neuf; ensuite, on a apporté des matelats, des couvertures, des coffres, des huches, des bancs et des escabelles, et puis des pièces de ménage en grand nombre, et on a dit : prenez tout ce dont vous avez besoin; moi, je n'ai rien pris, parce que j'avais acheté avec l'argent de milady, ce qui m'était nécessaire. Il en a été de même des habits et du linge qui sont venus aussi dans le charriot; puis un grand troupeau de chèvres, que chacun s'est partagé. Enfin, on a remis à chaque habitant, un sac de blé et une guinée; ensuite, on a fait arranger le chemin comme vous l'avez vu. Depuis ce jour, tous mes voisins sont heureux; mais ils ne savent pas à qui ils doivent leur bonheur. En cela, ils le sont moins que moi qui peux bénir chaque

jour les êtres à qui ma famille doit toute
sa félicité ; car, à l'exception des réparations, nous ne devons rien qu'au seigneur de Birmingham. — Et vous ne
savez pas qui a fait une si énorme dépense ? — Je croirais volontiers que
c'est notre sauvage ; mais quand je le lui
ai dit, il m'a très-mal reçu. Enfin, si c'est
lui, c'est une belle action. » Et Henriette
se disait : comment faire tant de bien à
des êtres qui vous sont étrangers, et
rendre si malheureux !... et elle soupira.
Elle demanda à Fanny si son sauvage
était dans sa cabane. « Oui, je le crois,
il en sort fort peu le jour. » Elle n'avait
pas dit ce mot, qu'il parut à la porte,
avec sa cuirasse, ses brassarts et son casque, mais point d'écharpe, point de pa-
naches, et il s'avança sur l'esplanade.
Henriette ne put résister au désir de lui
entendre parler d'Edgard, et s'étant le-
vée, elle fit signe à Edmond et à sa nourrice de rester, et elle s'avança vers

l'homme au javelot, qui mit un genou en terre, et porta le bas de sa robe à sa bouche, et lui parlant assez haut pour être entendu d'elle et non d'aucun autre de ceux qui l'accompagnaient, il exprima, dans les termes les plus passionnés, le bonheur qu'il ressentait en la voyant, et lui demanda quelle divinité lui avait inspiré de venir sur cette montagne. « L'amour. » A ce mot, il tressaillit, et Henriette reprit, « l'amour que j'ai pour Edgard, qui ne m'a pas permis d'être plus long-temps sans en apprendre des nouvelles. — Ainsi, mon odieux rival est mille fois plus heureux que moi ; avec quel plaisir je changerais mon sort contre le sien, si vous daigniez m'aimer. — Et que lui importe mon amour, puisqu'il ignore, selon toute apparence, que j'existe et que je l'adore ; mais enfin, dites-moi, l'avez-vous vu depuis peu de temps, se portait-il bien ? — Sa santé est excellente, et son sort n'a rien de fâcheux que la perte de la liberté; mais quand vous le voudrez, il sera libre, si l'un et l'autre vous consentez..... — Jamais! — Voilà ce que l'on ne peut pas assurer; si je le croyais, je terminerais à l'instant à vos pieds ma douloureuse carrière. — Il vaudrait bien mieux l'honorer par une action généreuse : pourquoi, celui qui a fait le bonheur de quarante familles, peut-il rendre infortunée celle qu'il dit aimer, celui.... Vous regretterez un jour, mais trop tard, de vous être laissé maîtriser par vos passions; les remords assiégeront vos derniers jours, et vous ne verrez la mort qu'avec effroi, si la religion ne vient à votre secours; mais l'aurez-vous mérité? — Vous seule me rendez criminel; d'un mot vous pourriez.... — Je vous le répète, jamais! » Elle lui reprocha de s'être battu avec son père; il l'assura qu'il n'avait pu faire autrement; mais qu'il avait respecté ses jours et cherché seulement à l'empêcher de le poursuivre, bien sûr que lui seul en aurait le courage. « Et s'il avait succombé ; si même il mourait des suites de sa blessure, vous ne me reverriez jamais. » L'inconnu avait aperçu Richard, il pria Henriette de le faire approcher ; elle retourna à la cabane, prit son fils dans ses bras, et le lui présenta. « Le voilà, dit-elle, cet enfant, le pur sang de mon Edgard, ne fléchira-t-il pas son persécuteur? » Il se détourna pour cacher sa vive émotion, puis il serra la petite main de Richard dans les siennes ; mais l'enfant en avait peur, et se rejetait dans le sein de sa mère, à qui l'homme au javelot dit : « Puisse cet enfant vous dédommager un jour de tout ce que vous avez souffert. » Il demanda à Henriette s'il pouvait espérer la revoir? « Oui, quand je ne pourrai plus résister à la douleur de ne pas savoir des nouvelles de mon bien-aimé. » Elle rentra dans la cabane de Fanny, et l'homme au javelot se retira dans la sienne.

Peu après, Henriette se remit en marche, ne pouvant concevoir la bizarrerie du caractère de cet homme, qui unissait la plus grande humanité à une vengeance atroce, et elle se promit néanmoins de venir quelquefois sur la montagne; mais elle n'y ramènera plus Richard; elle craindrait que l'enfant ne parlât un jour à son père et à sa mère de l'homme sauvage, tandis qu'elle est sûre de la discrétion d'Edmond et de sa nourrice. Elle revint au château beaucoup plus calme, ce qui arrivait toutes les fois qu'elle avait vu cet insensé; car il lui paraissait impossible, d'après ce qu'il lui disait, qu'il ne respectât pas la vie d'Edgard. Madame Roberson eut aussi des nouvelles de son mari, qui était toujours avec son maître.

Peu de jours après, la reine vint au château avec le roi son fils; car elle affectait une telle sécurité, qu'elle voyageait ainsi pour se faire des partisans.

Elle passa la revue de ses troupes dans les longues galeries des souterrains, qui dérobaient à ses ennemis les soins qu'elle prenait de rassembler une armée dont elle voulait donner le commandement au comte; mais il la supplia de l'en dispenser : quoiqu'il eût paru que sa blessure ne fût pas grave, il n'avait pas, depuis cet instant, recouvré une parfaite santé, et Henriette ne pouvait se dissimuler que c'était l'homme au javelot qui était cause de l'affaiblissement d'une vie qui lui était si chère; et elle se promit, si son père mourait de cette blessure, de ne jamais revoir celui qu'elle regarderait comme son meurtrier.

Barkler fut nommé par la reine pour remplacer le comte, et au moment où leurs majestés étaient encore à Birmingham, elles apprirent que le duc d'Yorck marchait sur Londres ; Sommerset se hâta de réunir les troupes qui étaient prêtes à entrer en campagne. Barkler

conduisit le corps qui était dans les souterrains, laissant cependant assez d'hommes pour garder le château, où Marguerite resta avec son fils. Le roi que Sommerset ne voulait pas perdre de vue,
marcha à la tête des troupes Les deux
armées se rencontrèrent à Saint-Alban;
celle du roi fut entièrement défaite; sa
majesté y reçut même une blessure assez
dangereuse au col; Sommerset fit des
prodiges de valeur qui ne purent le sauver; mais au moins ils lui valurent la
gloire de mourir les armes à la main. Le
roi fut fait prisonnier, et on s'étonna
qu'à cet instant le duc ne s'emparât pas
du trône; mais la blessure que sa majesté
avait reçue, jointe au mauvais état habi-
tuel de sa santé, devait faire croire qu'il
ne survivrait pas à sa défaite; et comme
il paraissait facile au duc de lui succéder
avec un droit légitime, en attaquant la
naissance d'Edouard, qu'il espérait prouver être fils de Sommerset, il préférait

attendre la mort de sa majesté pour parvenir au trône ; et il déclara au parlement qu'il n'avait pas pris les armes contre le roi, mais contre les ennemis de l'état, et la chambre des communes lui vota des remercîmens.

Ces fâcheuses nouvelles ne tardèrent pas à parvenir à Birmingham, où elles causèrent une profonde affliction.

La reine ne pouvait se consoler de la perte de Sommerset ; elle fut deux jours sans vouloir recevoir qui que ce soit, excepté madame d'Herefort et sa fille, qui parvinrent à modérer la vivacité de ses regrets et à lui faire reprendre ce courage qui ne l'avait jamais abandonné dans les plus grands périls. La reine, rendue à elle-même, réunit ce qui lui restait de troupes ; elle laissa Edouard sous la garde de milady Herefort, et passa dans le nord de l'Angleterre, où elle trouva des amis, et grâce à son intrépidité, elle ramena encore la fortune

sous ses drapeaux. Le roi, ou plutôt
Marguerite, régna assez paisiblement
pendant plusieurs années. Le fils du duc
de Sommerset succéda à son père dans
ses places et dans sa faveur; Anna alla à
Londres pour rendre à la reine le dépôt
qu'elle lui avait confié, et revint à Birmingham.

CHAPITRE XXXVI.

Avant le départ de milady pour
Londres, la santé de George était déjà
languissante, et il l'avait priée de le dispenser de l'y accompagner. Henriette
ne voyait qu'avec effroi l'état de maras-
me où son père était tombé ; elle ne se
flattait pas de le conserver, et toujours
persuadée que c'était sa blessure qui
avait avancé ses jours, elle ne pouvait
se le pardonner ; les âmes délicates se
jugent avec bien plus de sévérité qu'elles
ne jugent les autres ; et remontant toujours à ses premiers rapports avec Edgard, elle y voyait la cause de l'état de
son père ; elle se disait : si je n'avais pas
consenti à m'unir par des nœuds secrets
avec le comte Wilz, je n'aurais pas eu
des ménagemens à garder avec son rival ;
j'aurais obtenu que l'on fermât les sou-

terrains , et il n'aurait pu y pénétrer ;
c'est mon amour qui a armé ce forcené.
Je ne le reverrai plus , si j'ai à pleurer
mon père : je ne saurai plus de nouvelles
d'Edgard ; je me punirai par cette douloureuse privation d'être la cause de ce
malheur , hélas ! irréparable , disait-elle :
de deux protecteurs que le ciel t'avait
donné , ô mon cher Richard ! pour gui-
der ta jeunesse, l'un languit dans les fers,
l'autre va périr ; ah ! pourquoi t'ai-je
donné le jour ? et elle versait des torrens
de larmes.

Lady revint et fut frappée de la tristesse d'Henriette et du changement de
son époux. Elle n'avait jamais pu concevoir que son malheur pût être si prompt;
elle se flattait même que quelques années de repos rendraient à George ses
forces ; mais quand elle vit à quel point
il avait dépéri depuis un mois qu'elle
n'était pas avec lui, elle éprouva les plus
vives alarmes. Pour milord , il n'avait

pas l'air inquiet de son état; il affectait
même de la gaîté, et écouta avec beaucoup d'intérêt tout ce qu'Anna lui raconta de la situation de la cour, qui était
avantageuse pour le parti de la reine, à
qui il eût été facile de se défaire du duc
d'Yorck, qu'elle avait attiré dans le piége,
néanmoins elle lui laissa la vie et même
la liberté; mais d'après les conseils que
le cardinal de Wincester lui donna en
mourant, elle éloigna le duc de la cour,
sous divers prétextes, en le chargeant
de missions importantes pour l'Irlande.
Ainsi tout paraissait calme à Londres,
et le jeune Edouard annonçait les plus
heureuses dispositions; sa mère l'idolà-
trait : cette àme ardente ne pouvait rien
aimer faiblement, et on peut même dire
que, de ce moment, le jeune prince devint son unique affection, et que son
ambition, qui se reportait toute entière
sur cet enfant, remplaça entièrement le
désir de plaire et de régner dans le cœur

de ses adorateurs, que sa beauté, son extrême jeunesse, le peu de mérite de son époux, pouvaient excuser, si jamais l'oubli de ses devoirs pouvait l'être, surtout dans un rang où l'exemple a tant de force.

« Je vois, dit Georges, que tout se pacifie, et que les années de l'enfance de mon fils se passeront sans trouble. Je ne veux point qu'il ait d'autre gouverneur qu'Edmond ; il en sait assez pour former un gentilhomme. Il apprendra de vous, de sa sœur, cette urbanité, cette fleur de galanterie qui n'existe qu'en France, et que ma chère Anna a rapporté de ce beau pays; vous lui parlerez quelquefois de moi. — Que dites-vous, reprit Anna avec une vive émotion, est-ce que vous voulez nous quitter ? — Je ne le voudrais pas, je vois même avec regret que je touche à ma fin. — Vous, cher époux ! ciel ! qui peut vous donner cette douloureuse pensée ? — Tout doit me l'inspirer;

chaque jour je m'affaiblis ; mes sens perdent de leur finesse ; j'entends difficilement, et un nuage, semblable à un crêpe, couvre à mes yeux la beauté des sites qui nous environnent ; je ne puis faire quelques pas sur la terrasse sans que mes jambes me refusent la possibilité d'aller plus loin. Enfin, tout ce qui annonce une destruction prochaine se manifeste ; il faut s'y préparer comme au dernier combat qu'on aura à soutenir, en en sortant avec la fermeté qui convient à un chevalier chrétien. » Anna et sa fille ne purent répondre que par leurs larmes à ce discours que le lord continua ainsi :

« Pourquoi, mes amies, marquer une si profonde affliction d'un événement qui ne peut jamais qu'être plus ou moins reculé ? et n'ai-je pas à remercier le ciel de m'avoir conservé la vie jusqu'à ce qu'il m'ait donné un fils qui relevera ma maison que je croyais prête à s'éteindre. L'affection qu'Henriette porte à son

frère est pour moi une grande consolation. Je vous laisse l'une à l'autre ; il y a
peu d'années de différence entre vous,
mes tendres amies, et celle qui doit, suivant l'ordre de la nature, survivre à
l'autre, trouvera dans Richard un protecteur, comme dans ses premières années vous serez son appui. Je désire que
mon fils reste attaché à la maison de
Lancastre, puisque les circonstances
m'ont forcé de quitter le parti de celle
d'Yorck. Richard est de l'âge d'Edouard,
et sa mère étant aimée de la sienne, il
est à présumer qu'il aura du crédit à la
cour ; avantage souvent dangereux, et
que l'on ne peut s'empêcher de recher-
cher : heureux qui n'en abuse point !
c'est le témoignage que me rend ma
conscience ; aussi, je mourrai sans inquiétude, et j'espère que mes enfans
auront une carrière aussi heureuse que
la mienne, et la termineront aussi tranquillement. »

Anna et milady Wilz n'avaient point cherché à l'interrompre ; elles l'écoutaient dans un profond recueillement, il leur semblait que c'était la dernière fois qu'elles entendaient sa voix, qu'elles recevaient de lui les instructions nécessaires, pour se conduire dans la dangereuse carrière de la vie où il les abandonnait. Elles tenaient chacune une de ses mains qu'elles couvraient de baisers et de larmes. Quand il eut fini de parler il les serra contre sa poitrine : « Tendres objets de la plus sainte affection, vous que je ne n'ai pas rendues aussi heureuses que vous le méritez, pardonnez à votre plus sincère ami. Si j'avais pu vous sacrifier l'honneur, il est certain que jamais je ne vous aurais affligées ; mais enfin, mon Henriette, je te répète devant **ta** mère, pour la troisième fois, que si Edgard t'est rendu, j'approuve l'union que vous formerez et je la bénis d'avance. Heureux que ce brave et loyal chevalier

soit le frère, l'appui et le guide de mou
fils. » Il est impossible d'imaginer l'impression que ces mots firent sur Henriette et sa mère, mais surtout sur la
première, qui avait bien plus de raisons
d'espérer revoir Edgard que sa mère
qui le croyait mort; mais elle n'avait pas
la force de témoigner à son père sa reconnaissance. L'idée qu'elle allait le perdre, absorbait toutes ses facultés, et elle
oubliait dans ce moment son époux pour
ne penser qu'à son père.

Le chirurgien qui vint peu de temps
après, confirma les craintes que le discours du comte avait données à sa femme
et à sa fille, et il déclara au malade, qui
le força à lui dire la vérité, qu'à moins
d'un miracle il n'avait pas deux fois vingt-
quatre heures à vivre. Cet arrêt qu'Anna
ne put entendre sans s'évanouir et qui
porta les plus mortelles douleurs dans
l'âme de sa fille, fut écouté avec une fermeté stoïque par le noble chevalier. Il

s'occupa des soins à donner à sa compagne
pour qu'elle fût rappelée à la vie, et exigea
qu'Henriette fît transporter sa mère dans
son appartement, et y restât jusqu'à ce
qu'elle fût sans danger ; et ayant fait
aussitôt avertir son aumônier, il passa
une heure enfermé avec lui. Puis il fit
assembler sa maison, dit à son écuyer et
à ses pages que dorénavant ils seraient au
service de lord Richard, dont sir Edmond
serait le gouverneur ; il remercia sir
Jacques des soins qu'il avait pris de sa
maison et lui demanda de continuer à
servir sa femme et ses enfans avec le
même zèle. Tous ne répondirent à ses
discours que par des sanglots. Les habitans de Birmingham, avertis par le son
funèbre de la cloche du château que
quelqu'un de la famille se mourait, accoururent pour savoir quel était celui de
leurs protecteurs qu'ils allaient avoir à
pleurer ; et ce ne fut pas sans un sensible
chagrin qu'ils apprirent que c'était leur

seigneur, qui n'avait jamais employé
l'autorité qu'il avait sur eux, que pour
leur faire du bien. Ils faisaient retentir
l'air des accens de leur douleur, qui
vinrent frapper l'oreille de la pauvre
Anna au moment où elle venait de reprendre ses sens ; elle n'avait encore
qu'une faible idée de ce qui l'avait fait
évanouir, et entendant ces gémissemens
elle se rappela tout à coup le danger où
était son époux, elle crut l'avoir perdu,
et se jettant en bas de son lit et échap-
pant à sa fille et à Jenny, elle courut à
l'appartement du comte à l'instant où
celui qui régit l'univers daignait venir
lui donner le gage de l'immortalité. L'aumônier chargé de cet auguste ministère,
ne faisait que d'entrer dans la chambre
du malade, à l'instant où la comtesse
suivie de sa fille, de ses demoiselles et
de ses femmes y arrivèrent. La foule des
habitans qui se pressent pour voir encore
leur bon seigneur, s'ouvre pour laisser

passer milady et Henriette, qui arrivent jusqu'au pied du lit et y tombent à genoux, offrant à Dieu les plus ardentes prières, pour qu'il leur rendît un époux et un père. La pieuse cérémonie achevée, elles s'avancent enfin jusqu'au comte qui leur témoigne encore son amour et ses regrets de les quitter; il demande son fils : Henriette le lui présente, il le bénit et dit à Edmond : Je vous recommande d'inspirer à mon fils de grands égards pour sa sœur : ne souffrez pas qu'il se prévale jamais de la loi qui asservit les filles à leurs frères quelqu'âge qu'elles aient; prenez soin de lui dire que la manière pleine d'affection dont elle l'a reçu, lorsque sa naissance aurait dû lui être désagréable, doit lui donner sur le cœur de son frère des droits qui annullent ceux que les loix accordent dans cette circonstance. Dites-lui que s'il s'écartait jamais de ce que vous lui recommanderez de ma part, que je sor-

tirais du tombeau pour lui reprocher
son ingratitude. Edmond promit de se
conformer en cela à la volonté de son
maître, et le comte donne un baiser à ce
précieux enfant et le rendit à sa fille, en
lui disant : « Servez-lui de mère, si
l'excès de sa douleur force ma bonne
Anna à me suivre. » Et en effet il semblait que milady était frappée du même
coup qui tranchait la vie de son époux.
Pâle, tremblante, sa poitrine était gon-
flée : elle ne pleurait plus, sa douleur
était trop grande, mais des mouvemens
convulsifs agitaient ses membres ; un feu
sombre s'échappait de ses longues pau-
pières, ses regards attachés sur son époux
semblaient épier le moment de sa mort,
pour cesser d'être. Ces cruels momens
se prolongèrent toute la nuit. Anna ne
changea pas de place ; assise près du lit
de son bien aimé, le tenant dans ses
bras, appuyant sa joue brûlante sur celle
décolorée de l'ami de son cœur, elle ne

profère pas un mot. elle ne verse pas
une larme, elle vit parce qu'il vit encore.

Henriette au contraire est toujours en
mouvement. Elle cherche à procurer à
son père une situation moins pénible;
elle relève les coussins sur lesquels il re-
pose, approche de ses lèvres des potions
ordonnées par le chirurgien, lui ré-
chauffe les pieds avec des linges brûlans;
enfin elle voudrait trouver mille moyens
d'arrêter les progrès effrayans de la
destruction, qui se manifestent d'instant
en instant, et qui prouvent à ceux qui
auraient été assez malheureux pour en
douter, qu'elle n'a aucun pouvoir sur
l'être immortel, car le comte se voit
mourir, et son âme n'en paraît que plus
forte; il parle de Dieu comme jouissant
déjà de sa présence; il remercie sa fille
de ses tendres soins; il tâche, par ses
discours, d'apaiser la douleur de son inconsolable compagne, se recommande
aux prières de tous ceux à qui il a fait du

bien, et ne cesse de répéter à Edmond, qu'il doit inspirer à son fils l'amour de ses semblables et le désir de s'en faire aimer. Enfin, voyant lever le soleil, il le salue, et dit : « Image de celui qui t'a créé, je te vois pour la dernière fois ; puisses-tu éclairer encore, pendant de longues années, ceux qui me sont chers, et ne leur annoncer que des jours heureux : Anna, ma chère Anna ! reçois mon dernier baiser. » Anna relève sa tête avec effroi, et recueille dans cette douloureuse caresse, l'âme fugitive de son époux qui n'est plus.

CHAPITRE XXXVII.

QUAND Henriette ne put plus rien pour son père, tous ses soins se reportèrent sur sa malheureuse mère ; elle la supplie de s'éloigner de ce douloureux spectacle ; elle détache avec peine les bras de cette infortunée du corps de celui qui lui fut si cher ; mais il est impossible d'obtenir qu'elle s'écarte de son lit de mort : « Non, dit-elle, je resterai près de lui tant que je pourrai le voir. » Elle force ainsi sa pauvre fille à ne point quitter ce lieu de douleur.

Madame Roberson qui craint qu'Henriette ne puisse résister à tant de fatigues, représente à milady qu'elle doit revenir dans son appartement pour que sa fille puisse l'y suivre, et s'approchant d'elle, elle lui dit : « Je ne sais que faire de Richard, voilà douze heures qu'il n'a rien

2

pris. — Que ma fille retourne auprès de lui ; restez avec moi, et laissez-moi le voir jusqu'au dernier moment. » Il fallut céder à ce qu'Anna voulait ; Henriette la supplia de ne pas prolonger ces cruels momens ; mais sa mère l'entendait à peine, étant entièrement à sa douleur. Milady Wilz alla retrouver son fils qu'une soif ardente dévorait. Ce soin la détourna quelques instans du sujet de sa douleur. Jenny l'engagea à se coucher, et elle dormit trois heures accablée par la fatigue. A son réveil, la grandeur de la perte qu'elle avait faite se retraça à sa mémoire, et elle sentit son cœur se briser ; mais se rappelant sa mère qu'elle a laissée près du lit funèbre de son époux, elle se lève à la hâte, et voyant que son fils dort encore, elle dit à Jenny qu'elle va renvoyer sa nourrice près de lui, et qu'elle pourra prendre quelque repos ; car personne ne s'était couché depuis trente-six heures : elle arrive en effet

dans cette chambre dont déjà des ten-
tures lugubres recouvrent les lambris
dorés; on n'y laisse plus pénétrer le jour,
que des torches remplacent; le corps est
couvert d'une draperie noire, et on voit
réunis à son épée, à son baudrier, à
son casque, les signes de la religion qui,
seule, subsiste éternellement, quand
toutes les vanités mondaines disparais-
sent. Des vieillards, placés autour de ce
lit, et de jeunes enfans élèvent leurs
mains innocentes vers le ciel pour appeler le repos et la paix sur l'âme de celui dont les dépouilles vont bientôt quitter son antique et noble demeure, pour
se réunir à ses ancêtres sous cette voûte
funéraire, où se sont passées tant de
scènes extraordinaires, qui ne sont point
venues à la connaissance du comte tant
qu'il a vécu, et dont il n'ignore plus la
moindre circonstance.

Henriette se place sur un carreau aux
pieds de sa mère, lui prend les mains,

la regarde et pleure ; ses larmes font enfin couler celles de la comtesse, et Anna
ne mourra pas : sa physionomie, qui
l'aurait pu faire croire une belle statue
d'albâtre, reprend un peu de coloris.
« Pourquoi, ma fille, dit-elle, ne me pas
laisser mourir ? sans ces larmes, trop
faible témoignage de ma douleur, j'aurais bientôt cessé d'être ; elles m'ont
rendu la faculté de respirer, je ne pourrai mourir comme je l'espérais, de manière à ce que je pusse être réunie avec
lui dans le même tombeau. — Est-il possible, cruelle, que tu veuilles laisser ta
malheureuse fille avant seize ans, seule
sur la terre, pour une espérance fallacieuse, et pour veiller sur les jours d'un
enfant que, peut-être, le ciel lui reti-
rera dans peu de jours. Oh! ma mère,
ma mère, ayez pitié de moi, vous con-
naissez tous mes malheurs, et vous voulez mourir, comme si le ciel n'avait pas
amassé assez de maux sur ma tête. »

Anna regardait sa fille avec une sorte d'égarement. « Est-ce toi, Henriette ? — Oui, ma mère. — Que me veux-tu ? — Que vous viviez, pour ne pas me réduire au dernier abandon. — Eh ! comment le pourrais-je ? il n'est plus. — Vous le verrez revivre dans Richard. — Richard ! le fils.... ma fille, prends pitié de moi, de ta mère, sa tête s'égare, elle serait capable de trahir.... Viens, ma fille, éloigne-moi d'ici, mène-moi dans un endroit où l'on n'épie pas mes paroles, où je ne mettrai pas, par mes imprudences, le comble à ton malheur. » Elle se lève, jette un regard douloureux sur le corps de son époux : « Adieu, dit-elle, adieu ! pour peu de temps encore. » Et donnant le bras à sa fille, elle se laisse conduire dans sa chambre, dont Henriette eut soin d'écarter tous ceux qui ne savaient pas son funeste secret ; elle y resta enfermée avec madame Roberson, Jenny et Edmond. On parvint à déshabiller lady et à la mettre dans son lit, où le plus affreux délire ne la quitta pas durant toute sa maladie; il était l'effet d'une fièvre ardente. Il fallut bien mettre le chirurgien dans la confidence, car il aurait appris de la pauvre malade, le nom de la mère de l'enfant qu'il avait été censé recevoir comme étant celui de la comtesse d'Herefort; il en avait eu quelque doute en voyant la vive tendresse qu'Henriette avait pour son frère. Elle lui apprit qu'elle était mariée à Edgard. Ce secret avait moins de danger après la mort de son père, car personne n'avait le droit de le trouver mauvais; cependant, comme la reine ignorait que Richard fût le fruit de ce mariage, il était important que ce secret ne fût point divulgué, et on fit jurer à ceux qui le savaient, et au chirurgien qui venait de l'apprendre, de le garder religieusement. La comtesse en parla sans cesse tout le temps que dura sa maladie : tantôt elle

se reprochait d'avoir trompé son mari ;
tantôt elle se félicitait de lui avoir donné,
avant de mourir, la consolation de se
croire un héritier de son nom ; puis, elle
croyait que le lord vivait encore, et avait
découvert le mariage d'Henriette avec
Wilz, et qu'il voulait poignarder son
gendre. Ces images fantastiques qui se
succédaient ajoutaient à l'ardeur de la
fièvre qui les enfantait. Ainsi, Henriette,
pleurant la mort de son père, avait à redouter de voir sa mère descendre avec
lui dans la tombe. L'excès de sa douleur
tarit son lait, et elle trembla que la santé
de Richard n'en souffrît, mais le chirurgien l'assura qu'elle n'avait rien à craindre pour les jours de ce précieux enfant,
le seul bien qui l'attachait à la vie ; car
comment espérer de revoir jamais Edgard ?

Dès qu'on apprit à Londres que le lord
était mort, la reine envoya sir Barkler

pour complimenter sa veuve ; Henriette
le vit avec autant de satisfaction qu'il lui
était possible d'en ressentir dans sa triste
situation ; elle le pria de s'occuper des
honneurs funèbres à faire rendre à son
père, ne pouvant se séparer d'Anna qui
la demandait à chaque instant. Barkler
remplit ce devoir avec tout le zèle d'un
ami sincère. On fit inviter aux obsèques
tous les frères d'armes du comte, dans
l'un et l'autre parti, et ils promirent de
s'y rendre. La grande galerie fut tendue
de noir, et un magnifique catafalque y
fut élevé. Tous les chevaliers y parurent
armés, avec des écharpes et des pana-
ches noirs, leurs boucliers couverts d'un
crêpe.

Depuis huit jours, le corps du comte
qui avait été embaumé, était déposé dans
une chapelle ardente, où on offrait sans
cesse, pour le repos de son âme, les
prières les plus ferventes. Henriette se

dérobait chaque jour aux soins qu'exi-
geait d'elle l'état de sa mère, et venait
prier près du cercueil de son père.

Un jour qu'elle n'avait pu s'éloigner
un instant du lit de la comtesse, elle vint
néanmoins le soir apporter aux mânes
de son père le tribut de ses pleurs. Elle
prend le bras d'une jeune personne nom-
mée miss Alworty, entrée depuis peu,
comme demoiselle, au service de lady,
et elles se rendent dans la galerie : on
n'avait pas encore renouvelé les flambeaux pour passer la nuit; la plupart
étaient éteints, d'autres ne jetaient qu'une
flamme livide qui donnait à cette pièce
immense quelque chose de si lugubre,
qu'Henriette fut au moment de s'éloigner, tant elle se sentait saisie de terreur;
mais pensant que miss Alworty conce-
vrait d'elle une opinion peu avantageuse,
elles s'approchent et se mettent à genoux
sur les marches de l'estrade. Elles sont
absolument seules; un profond silence

règne dans ce lieu funèbre ; Henriette croit entendre quelque bruit qui paraît venir du côté du lit de parade où est exposé le corps ; elle lève les yeux, et il lui semble voir son père venir à elle ; elle fait un cri et tombe sans connaissance dans les bras de miss Alworty qui, elle-même, est effrayée en voyant venir à elle un chevalier couvert de son armure, qui s'avance assez près d'Henriette, l'appelle doucement par son nom et lui dit : « Quoi ! ne vous serai-je donc jamais qu'un objet de terreur ? chère Henriette, me ferez-vous un crime d'être venu invoquer l'ombre de votre père, pour qu'il vous demande de m'accorder votre main ? hélas ! ma prière ne sera pas exaucée, car ma présence seule vous jette dans un état voisin de la mort.

» Miss, dit l'homme au javelot, car c'était encore lui, vous êtes ici éloignée de tout secours, et vous ne pouvez transporter seule miss Herefort jusque dans son appartement, daignez la confier à mes soins. » En prononçant ces mots, il s'empara de l'épouse d'Edgard, et la portant avec la sollicitude d'une mère pour son enfant chéri, il avance vers le bout de la galerie où était placée la porte, la fait ouvrir par miss Alworty qui tenait une lanterne et marchait devant pour éclairer. Hélas! la pauvre enfant, plus morte que vive, ne savait ce qu'elle faisait, tant elle était troublée; elle n'ose proférer une parole, ni s'éloigner de sa maîtresse dont l'évanouissement dure toujours; elle craint que celui qui la tient dans ses bras ne soit un brigand qui, peut-être, lui veut du mal, sa vue seule la fait évanouir. Cependant, fier de son précieux fardeau, l'homme au javelot presse Henriette contre son cœur, et lui donne les noms les plus doux. Enfin, arrivé au bas des degrés qui conduisent à l'appartement de la mère et de la fille, il demande où il doit la déposer; miss Al-

worty, très-empressée de trouver ceux
dont elle ne doute point de l'intérêt, in-
dique la chambre d'Anna; l'homme au
javelot y est aussitôt qu'elle, tenant toujours dans ses bras la pauvre Henriette;
miss Alworty demande à entrer, on lui
dit que c'est impossible : « C'est, dit-elle,
miss Herefort que l'on rapporte ayant
perdu connaissance. »

Edmond s'empresse d'ouvrir ; mais
quel est son étonnement de voir sa maîtresse dans les bras de celui qu'il reconnaît aussitôt à l'épaisseur de sa taille; il
ne sait ce qu'il doit faire ; mais pendant
qu'il délibère, l'inconnu pose Henriette
sur un lit de repos, sort de l'appartement
avec la rapidité de l'éclair, et laisse Edmond et tous les autres dans un étonnement si grand qu'ils étaient entièrement
dans l'impossibilité d'agir.

Heureusement qu'à ce moment madame d'Herefort était assoupie, et la
nourrice demanda à miss Alworty qui

avait causé l'état où se trouvait Henriette;
elle raconta avec la naïveté de son âge,
ce qu'elle avait vu et entendu. « C'est un
pauvre fou, dit Edmond, qui croit aimer
miss Herefort; il sera entré sans qu'on
l'ait vu dans la chapelle ardente. Il est
inutile, ma chère demoiselle, de parler
de cette aventure à miss Herefort, elle
lui serait désagréable, si elle l'apprenait;
comme elle était évanouie, on la lui laissera ignorer. » Miss Alworty promit de
se taire, et on l'engagea à aller retrouver
ses compagnes, car on craignait le réveil
de milady, et que sa fille, reprenant ses
sens, ne fût surprise de voir chez sa mère
la jeune Alworty, à qui il était impossible d'accorder une part dans les mys-
tères de cette déplorable famille.

Dès qu'elle fut sortie, on donna des
soins à Henriette, qui la rappelèrent à
la vie; on se garda bien de lui donner
aucun souvenir de ce qui lui était arrivé,
ses amis le lui cachèrent avec soin, pen-

sant à la douleur qu'elle en ressentirait ;
mais ils ne pouvaient concevoir comment cet homme extraordinaire avait
porté si loin l'audace.

CHAPITRE XXXVIII.

L'HOMME au javelot ne se borna pas là, et quand les chevaliers se réunirent le jour des obsèques, on le vit encore se mêler à la foule, et suivre, avec un pieux recueillement, le comte Herefort jusqu'à sa dernière demeure. Il était le seul qui eût sa visière baissée; mais nul n'osa lui demander qui il était, parce que, depuis quelque temps, on savait qu'il existait dans la contrée un être que les uns qualifiaient d'insensé, les autres, de sorcier; d'autres prétendaient que c'était un adepte (1); et on assurait qu'il fallait qu'il eût trouvé le secret de faire de l'or, pour avoir fait autant de dépenses dans le hameau de la montagne. Il s'était même

(1) Nom que l'on donnait aux chercheurs de la pierre philosophale.

répandu dans le pays, qu'il ne mangeait pas, car on ne lui voyait pas apporter de vivres dans la cabane où il restait souvent enfermé plusieurs jours de suite. Enfin, dans un temps où la crédulité était extrême, il était facile d'en imposer à des hommes simples et sans instruction, comme étaient même alors les gentilshommes; ce fut sans doute la cause que, quoiqu'on le vît avec peine au rang des chevaliers, on n'osa pas le lui témoigner, et on le laissa regagner paisiblement le bord de la rivière, monter dans un petit canot qu'il manœuvrait avec une adresse incroyable, et parvenir ainsi au pied de la montagne où était bâtie sa cabane.

Il envoyait Fanny savoir des nouvelles des ladys, et elle ne demandait pas mieux d'y aller, car elle-même désirait vivement d'en avoir; mais il lui était défendu de dire que c'était l'homme au javelot qui s'en informait; et on était touché au château de voir avec quelle exactitude

cette pauvre mère de famille se détour-
nait de ses travaux pour venir savoir des
nouvelles de ses bienfaitrices. On ignorait que c'était l'homme de la montagne
qui lui payait si généreusement cette
course, qu'elle gagnait plus à la faire
qu'à labourer son champ. Elle ne le re-
fusait pas, comme elle avait fait de ses
premières offres, car elle ne voyait aucun mal à aller s'informer comment se
portait madame d'Herefort; cependant
elle n'en parlait à personne, et ce ne fut
que long-temps après qu'elle en convint
avec Henriette. Ces nouvelles, qui inté-
ressaient tant l'homme au javelot, étaient
très-mauvaises. Madame d'Herefort ne
recouvrait point la connaissance ni de
son état, ni de son malheur; le médecin
assurait que c'était de mauvais augure,
qu'il y avait à présumer que le dépôt se
formait dans la tête; et alors on ignorait
les moyens de le détourner.

Marguerite apprit chaque jour avec

douleur le danger de son amie; elle avait
le plus grand désir de se rendre à Birmingham pour la voir; mais comme on
lui assura que la maladie d'Anna était
contagieuse, elle n'osa s'y exposer à cause
de son fils : elle se contentait d'envoyer
tous les jours un courrier, pour être ins-
truite de l'état de son amie, qui empirait
chaque jour. Le désespoir d'Henriette
était à son comble; en vain ses demoiselles, ses femmes et celles de sa mère
l'engageaient à prendre quelque repos,
elle ne pouvait s'y résoudre; il lui semblait qu'elle perdrait quelques-uns des
derniers momens où il lui restait encore
un être qui l'aimait; pour ajouter au sup-
plice de sa position, la malignité de la
maladie d'Anna l'avait forcée à faire
transporter son fils dans une aile opposée
à celle que ces dames habitaient, et ainsi
elle était privée de le voir et même sa
chère Roberson; car elle n'avait pu le
confier qu'à elle. Quant à milady, à l'agi-

tation du délire avait succédé une ab-
sorption qui approchait de la léthargie,
et il ne restait presque plus d'espérance,
pas même celle qui eût pu adoucir pour
Henriette ce cruel moment, que sa mère
la bénît, et par elle, son fils ; mais Anna
ne la reconnaît point, et elle a perdu
l'usage de la parole.

L'aumônier appelé ne trouva nul instant pour se faire entendre de cette pauvre malade ; mais confident depuis long-
temps de l'état de son âme, il est sans
inquiétude pour son salut, et regarde
pour elle comme une faveur du ciel qu'il
lui dérobe la connaissance de son sort,
et surtout de celui d'Henriette, qui allait
se trouver seule à la tête d'une adminis-
tration immense dont elle a peu de connaissance, et forcée de faire trève à sa
profonde douleur, pour s'occuper des
intérêts de son fils. Elle ne peut surmon-
ter ce surcroît de douleur, son cœur ne
peut même suffire à toutes celles qui la

dévorent ; le sommeil fuit de ses yeux,
et elle craindrait de s'y abandonner.
Enfin, après avoir souffert les maux
d'une longue et pénible agonie, Anna
alla rejoindre son époux, sans avoir su
qu'elle en avait été séparée, sans avoir
vu couler les pleurs de sa fille, et sans se
souvenir qu'Henriette était mère. Ainsi,
l'abandon où la pauvre Henriette est livrée, commença plus de six semaines
avant le trépas de sa mère ; et le passage
de la vie à la mort d'Anna n'aggrava que
de fort peu la douleur de sa fille ; Jenny
l'emmena presqu'aussitôt dans le bâti-
ment où était son fils ; mais elle ne se
permit pas de le voir avant d'avoir pris
toutes les précautions nécessaires pour
ne pas lui communiquer le venin de la
maladie de celle que l'on croyait la mère
de Richard. Elle revit miss Alworty et
ses compagnes, l'écuyer de son père et
sir Jacques, qui tous lui rappelaient qu'il
n'y avait plus qu'elle dans cet immense

château, dont ils pussent prendre les ordres. Barkler vint, dès le même jour, la décharger des tristes soins qu'elle avait à remplir pour honorer la mémoire de sa mère, de sa chère et tendre amie, dont la perte irréparable se fit sentir à elle pendant de longues années.

L'attachement qu'Edgard avait pour Barkler, le rendit cher à Henriette, et lui ayant fait jurer sur l'honneur de ne jamais révéler ce qu'elle allait lui apprendre, elle l'instruisit de tout ce qui s'était passé entre elle et l'homme au javelot, dont cependant elle lui cacha le nom. Barkler ayant donné sa parole de ne jamais le faire connaître, elle ajouta seulement, que regardant cet homme comme l'auteur de la mort de son père et de sa mère, elle ne voulait jamais le revoir. Le baron lui conseilla de faire fermer les souterrains, non-seulement du côté de la forêt, mais même de faire murer les grandes galeries qui y con-

duisent, et de ne conserver qu'un appartement souterrain qui avait une com.nu-
nication avec la voûte mortuaire, et où,
en cas de siége, on pût se mettre à l'abri
des bouches à feu. Henriette le laissa
le maître de prendre toutes les précautions qu'il crut nécessaires avant l'instant
de l'inhumation, afin que cet homme
bizarre ne se permît pas de paraître à
cette lugubre cérémonie, où il fallait
qu'elle assistât, et où elle ne pourrait le
voir sans mourir d'effroi; car elle avait
su par miss Alworty que l'homme au javelot avait paru aux obsèques du comte.

Barkler ne perdit pas un instant pour
ôter au persécuteur de ses amis, toute
communication avec Henriette. On remplaça la trappe qui conduisait à l'escalier
du caveau, par une porte de bronze fermée en dedans par des barres de fer,
mettant à un temps plus éloigné à tirer
de cet insensé le secret du lieu qui renfermait Edgard; il fit, pour les dames

jui devaient assister aux funérailles de ady, ce qu'il avait fait pour les cheva- iers; elles furent invitées à y assister, et on vit encore, dans cet'e triste cir- constance, les deux partis se réunir pour rendre hommage aux vertus de milady Herefort, lady Howard, lady Stanley, car Albert ne conservant nul espoir d'é- pouser Henriette, et d'ailleurs sachant que la naissance de son frère enlevait à miss Herefort presque toute sa fortune, avait épousé une nièce d'Howard, belle et vertueuse personne, qui était digne de remplacer celle dont Stanley n'avait jamais connu le prix.

Le jour où il fallut qu'Henriette parût dans la chapelle ardente pour accompa- gner sa mère au tombeau de son père, on crut qu'elle n'en aurait pas la force; son abattement était tel que ses écuyers la portèrent en quelque sorte auprès du cercueil qui renfermait ce qu'elle avait aimé à l'égal d'Edgard.

Les dames vêtues ainsi qu'elle de longs manteaux d'étoffe de laine noire, et ayant sur leur tête des voiles de crêpe, s'empressèrent à lui offrir quelques consolations ; mais elle répondait : « Dieu seul peut en donner à celle qui a tout perdu en perdant sa mère. » Mais si Henriette éprouva les plus douloureuses sensations en approchant des restes de milady, que ne souffrit-elle pas en entrant dans la chapelle abandonnée, en revoyant cet autel où celui qu'elle se condamnait en quelque sorte à ne plus revoir, en fermant les souterrains, lui avait juré un amour si tendre. Ah ! comment notre cœur peut-il à la fois conserver des souvenirs qui l'enivrent de volupté, et se sentir déchirer par les pointes aiguës du désespoir ?

Telle était la malheureuse Henriette ; elle eut le courage d'assister en entier à cette pieuse et douloureuse cérémonie ; elle vit réunir dans le même sarcophage, le cercueil de son père et celui de sa mère; elle les pria du haut de la gloire céleste, où ils étaient bien plus réunis que sur la terre, puisque c'était pour toujours, d'obtenir du ciel qu'elle fût mise un jour près de son ami; elle pria aussi sa mère pour son fils, sans crainte que son père rejetât ses vœux pour cet enfant; car il jugeait à cet instant de la pureté de ses intentions, et en supposant que l'orgueil des rangs succède à la vie, il voyait avec complaisance le jeune Richard qui devait relever sa maison, comme il l'avait désiré. On remonta dans la grande galerie, où un repas était préparé pour les dames, et dont il fallut bien qu'Henriette fît les honneurs.

Enfin cette terrible journée finit, et cette infortunée, qui n'avait pas encore vu son frère (elle ne pouvait l'appeler autrement), ayant, par les soins d'Edmond, trouvé son appartement entièrement aéré, y revit son cher Richard,

5.

qu'elle se promit de ne jamais quitter,
regardant les murs de Birmingham comme son tombeau. Cependant, Barkler
l'assura que si Edgard revenait, ce ne
pourrait être par les souterrains, et que
milady Wilz étant entièrement maîtresse
de ses actions, son époux n'aurait aucune
raison de cacher ses démarches auprès
d'elle. Cette observation qui parut fort
juste à Henriette, la tranquillisa; elle fit
continuer les travaux commencés avec
la plus grande activité, de sorte qu'il ne
fût plus possible que l'on entrât dans le
château de ce côté-là; et il ne resta de
communication avec ces immenses voûtes et le château, que l'appartement souterrain où Richard était venu au monde,
et le caveau qui renfermait les cendres
des auteurs des jours de milady et de ses
ancêtres.

Barkler prit congé d'Henriette, en
l'assurant qu'il veillerait sans cesse à ses
intérêts et à ceux d'Edgard, dont il allait

faire les derniers efforts pour découvrir la prison, et dès qu'il la connaîtrait, il espérait le délivrer. Henriette lui dit : « Je crois que rien n'est impossible à votre vaillance, mais craignez, en cherchant à adoucir mes maux, de les rendre insupportables ; car si j'acquérais la certitude que mon Edgard est descendu dans la tombe, il me faudrait cesser de vivre ; je ne pourrais servir de mère à mon frère, à Richard, qui a un si grand besoin de moi. » Barkler l'assura qu'il prendrait toutes les précautions nécessaires pour ménager des intérêts si chers ; et il repartit pour Londres.

CHAPITRE XXXIX.

Quand sir Barkler eut rendu compte à la reine de la mission qu'elle lui avait donnée auprès d'Henriette, il demanda un congé « pour, dit-il, parcourir le nord de l'Écosse et même les Orcades, afin de découvrir le lieu qui recélait l'infortuné Edgard, et l'arracher à ses persécuteurs. A présent que le comte n'est plus, il n'y aurait aucun doute que le mariage de ces tendres amans pourrait être reconnu. Henriette est beaucoup moins riche, mais Edgard prisera bien plus sa possession que celle des plus immenses trésors. » La reine qui désirait revoir l'un et l'autre à sa cour, approuva la démarche de Barkler, et l'assura qu'elle l'appuierait de toute sa puissance. Barkler qui voulait terminer cette affaire par l'épée, suivant la coutume de ce temps, se rendit à la montagne, et s'adressant à Fanny, il lui demanda si le chevalier qui habitait la cabane voisine de la sienne, s'y trouvait à cet instant. — Je n'en sais rien, j'arrive de la ville; mais ce que je ne puis ignorer, c'est qu'il est, depuis quelques jours, dans un désespoir si furieux, qu'il est impossible de l'approcher; il parcourt la forêt en poussant des cris horribles. Enfin, je ne puis croire qu'il résiste au redoublement de sa douleur, sans que j'en puisse savoir la cause. Cependant, sir baronnet, si voulez l'attendre ici, je vais allumer cette bourrée, car l'air est froid, ce matin. » Il entra dans la cabane et se chauffa; Fanny lui offrit du pouding et de la bière qu'il accepta, car il était parti de Londres de fort grand matin; et comme il admirait l'ordre et la propreté qui régnaient dans cette cabane, Fanny dit « qu'elle ne pouvait voir ces meubles et bien d'autres choses qu'elle tenait de la libéralité de milady Herefort, sans sentir couler ses larmes. » Le baronet lui demanda si elle avait des nouvelles de miss Herefort. « Hier, lorsque je suis allé au château, elle était malade, mais sans danger, et le jeune lord est très-bien portant. Voilà tout ce que j'ai pu savoir, car on ne voyait pas miss Henriette. »

Une partie du jour se passa à attendre l'homme de la montagne; le soir approchait, et le baronet était décidé à passer la nuit chez la veuve, et même plusieurs jours, si celui qu'il attendait ne paraissait pas. Enfin, on l'aperçoit qui venait du bord de la rivière et qui montait le sentier. Il était enveloppé dans son manteau, et la tête et une partie du visage dans son chaperon; mais il n'était point inconnu au baronet, dont l'étonnement fut extrême en le voyant. Cependant il ne dit rien à la veuve qu'il quitta pour joindre le chevalier, avant qu'il fût entré chez lui. Celui-ci ne fut pas moins surpris en

voyant Barkler qu'il connaissait aussi ;
mais le baronet, sans lui donner le temps
de se remettre, et le voyant armé, tire
son épée et lui dit : « Chevalier déloyal,
jusques à quand abuseras-tu de la patience de ceux qui habitent Birmingham ?
qu'as-tu fait d'Edgard ? nomme-moi le
lieu où ta barbarie le retient prisonnier,
ou tu ne périras que de ma main. — Je
brave tes menaces et me ris de ton audace ; songe à te défendre, car tu n'ap-
prendras jamais le lieu où je garde Edgard. » A cet instant, mettant aussi l'épée
à la main, il fondit sur Barkler, qui sou-
tint ce premier effort avec l'intrépidité
que la justice de sa cause lui inspirait ; il
détourne l'épée de son adversaire, et
croit qu'il va le frapper d'un coup terrible, quand, à l'instant, son fer se rompt
dans sa main, et aussitôt il se sent percer
la poitrine de part en part, et tombe bai-
gné dans son sang : l'homme au javelot
se jette sur son corps, tâche d'arrêter le

sang, appelle la veuve qui, ayant en--
tendu le cliquetis des armes, arrivait
dans l'espoir de séparer les combattans,
et est saisie de terreur lorsqu'elle voit le
baronet étendu sur la poussière « Ah !
cruel, qu'avez-vous fait ? s'écria Fanny,
vous avez tué ce brave chevalier, vous
tenez Edgard prisonnier, vous avez fait
mourir lord Herefort des suites de la
blessure qu'il a reçue de vous, son épouse
l'a suivi au tombeau ; quand arrêterez-
vous la faux de la mort que vous prome-
nez sans cesse sur tout ce qu'Henriette
chérit ?.... » Le meurtrier ne l'entend
point, il ne s'occupe que du blessé ; il a
déjà bandé sa plaie ; il ordonne à Fanny
de le prendre par les pieds, tandis qu'il
soutient sa tête, et de l'aider à le porter
dans sa cabane, et non dans celle de la
veuve : « Il ne faut pas vous compromettre, s'il meurt, on pourrait dire que
c'est vous qui l'avez assassiné.   Et que
m'importe ce que l'on dirait, je sais bien

que ce n'est pas moi. — Cela ne suffit pas pour la justice. » Pendant ce colloque, il marche portant avec Fanny le corps inanimé du malheureux Barkler, dans sa cabane ; il le pose sur son lit, dit à la veuve de rester auprès et d'envoyer son fils au château, pour demander des secours « que je crois, dit-il, inutiles ; quant à moi, je pars, et vous ne me reverrez que dans de longues années. — Et Edgard ? — Il va devenir désormais le seul objet de mes soins. Assurez Henriette que je ne l'oublierai jamais, et que la mort seule peut arracher son image de mon cœur qui, jusqu'à mon dernier soupir, brûlera pour elle. Gardez religieusement le secret, même vis-à-vis d'Henriette, sur ce que vous savez de mes malheurs. » Fanny le lui promit, et le vit s'éloigner avec douleur, car elle croyait bien qu'il courait à sa perte.

Elle n'était pas sans inquiétude en se voyant seule avec le cadavre d'un homme dont la plaie saignait encore, et de se trouver dans la cabane de celui qui était regardé comme le protecteur du hameau. « S'il passait, se disait-elle, des habitans qui n'ont jamais vu le visage de l'homme de la montagne, et qu'il crussent que c'est lui qui est mort, ils pourraient m'accuser, quoiqu'il ne soit pas dans ma cabane, d'avoir pénétré dans la sienne pour l'assassiner et le voler. » Cependant elle ne pouvait se résoudre à abandonner ce pauvre M. Barkler, qu'elle espérait encore voir revenir à la vie.

Ce qu'elle redoutait arriva. Quelques habitans du hameau, qui revenaient des champs, voyant la cabane de leur bien-faiteur ouverte, et entendant gémir, pensèrent qu'il lui était arrivé quelque accident, et ils accoururent pour le se-courir. Ils virent Fanny auprès du lit; un homme, qu'ils croyaient l'homme de la montagne, couché tout habillé, et ses habits souillés de sang. « Qu'est-ce, se dirent-ils, qui a tué l'homme qui nous a fait tant de bien ? — Celui-ci, répondit la veuve, n'est pas l'homme de la montagne, et plût à Dieu que ce fût lui ! — Que dis-tu, ingrate ? s'écrièrent-ils en se jetant sur elle pour la maltraiter, c'est toi qui as tué notre père, notre appui, et tu dis que ce n'est pas lui pour te soustraire à notre vengeance. » Elle avait beau protester de son innocence, ils persistaient à dire : « C'est lui, tu l'as assassiné, et tu restais, après ce crime horrible, dans sa maison pour le voler. — Je vous prouverais que celui-ci, qui n'est point l'homme de la montagne, a été tué à vingt pas de la cabane ; la terre est encore humide de son sang, et je l'ai rapporté ici avec son meurtrier. — Et comment pourrait-on faire croire que celui qui aurait commis un pareil crime, aurait osé rapporter le cadavre de celui qu'il aurait tué ; cherche d'autres preuves de ton innocence, si tu veux que l'on ne te croie pas cou-

pable; mais en attendant ne pense pas
nous échapper; Berwick et son frère
vont rester ici pour que tu n'en puisses
sortir; moi, je vais chercher le juge. »
Et en effet, il sortait de la cabane, quand
le fils de la veuve revint, amenant avec
lui le médecin, l'aumônier et sir Edmond,
que milady Wilz envoyait pour témoigner au malheureux Barkler et à la veuve
combien elle était sensible au malheur
dont elle se reprochait encore d'être la
cause. Burn (c'était le nom du fils de la
veuve), voyant l'habitant de la montagne le visage enflammé de colère, et sa
mère plongée dans le dernier abattement, ne douta point de la cause qui
ajoutait à la douleur de sa mère; il saisit
cet homme au collet, et lui dit : « Qu'as-
tu fait, toi et tes compagnons qui afflige
ma mère? — Elle a tué l'homme de la
montagne, et j'allais chercher le juge.
— Ah! mes amis, mes frères, s'écria le
ministre de paix, en voyant Burn prêt

à s'élancer sur celui qui outrageait sa
mère, arrêtez, arrêtez! vous ne vous
entendez pas : Fanny n'a point tué l'homme que voici, qui n'est pas celui que vous
pensez : c'est sir Barkler, baronet, l'ami
de la famille de lord Herefort, le meilleur des hommes, dont l'humanité seule
le ferait regretter, s'il n'y avait pas joint
toutes les qualités qui le rendent cher à
ses amis. C'était pour eux qu'il était venu
ici, afin d'obtenir des renseignemens que
l'homme de la montagne aura, selon
toute apparence, refusés avec hauteur;
la querelle s'est engagée, et (montrant le
cadavre de Barkler) en voilà le triste ré-
sultat; mais n'aggravez pas notre douleur en vous livrant à un ressentiment
qui n'a rien de fondé : puisqu'il est certain que Fanny est innocente, vous,
Carle, vous ne pouvez lui en vouloir, et
vous, Burn, vous ne pouvez être offensé
d'un ressentiment qui eût été si juste si,
en effet, elle eût trempé ses mains dans

le sang du bienfaiteur du hameau ; et ve-
nez plutôt nous aider, s'il est possible, à
rendre à la vie ce digne et loyal chevalier. » Les habitans de la montagne, con-
fus de s'être laissé aller à leur faux jugement, firent des excuses à Fanny qui les
reçut et en parut satisfaite, pour que son
fils n'eût plus de raisons de la venger.

Le chirurgien, qui était entré le premier dans la cabane, déclara qu'il n'y
avait nul espoir, que le coup avait porté
droit au cœur, et que sir Barkler était
mort au même instant. Il ne fut plus ques-
tion que de décider ce qu'il fallait faire,
ou d'informer le juge ou de faire transporter le mort au château de Birmingham, où on dirait qu'il avait péri d'un
coup de sang. On pensa que le dernier
parti était le meilleur ; car c'eût été, sans
cela, s'exposer à des procédures d'une
extrême longueur, qui inquiéteraient
presque tous les habitans du hameau, et
compromettraient des innocens. On s'as-

sura de la discrétion de Carle et de ses
compagnons, moyennant quelques pièces d'or, que sir Edmond leur donna de
la part d'Henriette; et on leur promit
que, si dans deux ans ce meurtre n'était
point connu, on leur assurerait à chacun
une rente de cent francs, et ils jurèrent
de se taire. On profita de la nuit qui était
fort sombre pour mettre le corps du
pauvre Barkler sur un cheval, et le transporter ainsi à la barque qui était restée
au bord de la rivière, et qui, très-heu-
reusement, avait été conduite par Burn
qui n'avait point cherché de batelier,
tant il était pressé d'arriver; ainsi, personne ne sut ce qui était dans le bateau.
Arrivé au château, Edmond passa le premier, fit baisser le pont, et ordonna à ceux
qui se trouvaient là de se retirer. On
avait enveloppé le corps de Barkler dans
un manteau, on le porta dans la chambre qu'il habitait ordinairement quand il

était à Birmingham, et l'aumônier le
veilla en priant pour lui.

On n'avait pu dérober à Henriette ce
nouveau malheur, auquel elle fut très-
sensible : il était le seul homme au monde
sur lequel elle pouvait compter pour
faire des recherches nécessaires afin de
retrouver Edgard. Cette raison jointe à
une parfaite estime et à l'attachement
que l'époux d'Henriette avait pour Barkler, fit ressentir à milady une sincère
douleur en apprenant qu'elle avait perdu
ce respectable ami.

On répandit, le lendemain matin, la
nouvelle de sa mort, comme on en était
convenu ; et celui qui avait fait rendre
les honneurs funèbres au comte et à la
comtesse d'Herefort, les reçut à son tour
de leur inconsolable fille, qui le fit pla-
cer dans le tombeau des seigneurs de
Birmingham, où elle eût désiré de prendre bientôt sa place, si les soins que de-

andait le jeune lord ne l'avaient pas
rcée de vivre ; mais quelle peut être la
e de celle qui la consume en regrets
ernels ; car il ne lui reste qu'un si faible
poir que ce n'est que comme ces flam-
es qui s'élèvent d'un monceau de cen-
es, et s'éteignent aussitôt : elle borne
ute son existence à celle de son frère,
ses soins pour lui furent en proportion
u besoin qu'elle avait de vivre ; car
est le seul bien qui lui reste sur la terre.

Cependant, trop prudente et trop
clairée pour sacrifier à son intérêt ce-
ui du jeune lord, elle défend essentiel-
ment à Edmond de le gâter, et veut
u'il surveille son éducation, quoiqu'il
e lui fût pas même encore entièrement
onfié, et que la bonne Roberson ne
oulût pas le lui remettre avant que l'en-
ant eût sept ans accomplis. Richard an-
onçait un caractère violent, et parais-
ait tenir bien plus de son oncle William
ue de son père dont il avait la beauté.

Il était donc essentiel de ployer le plutô
possible, ce naturel altier sous le joug de
la discipline ; c'était là ce qu'Henriette
attendait de la fermeté et de la prudence
du gouverneur que son aïeul avait chois
à son fils à son lit de mort.

CHAPITRE XL.

PLUSIEURS années s'écoulèrent, et l'homme au javelot ne revint point ; Fanny avait soin de donner de l'air à sa cabane et d'entretenir le peu de meubles qui y étaient avec une extrême propreté, de sorte que s'il y revenait, il pût y loger. Souvent en se donnant ces soins, elle répandait des larmes, et Burn lui disait : « Je ne conçois pas, ma mère, que vous ayez la moindre sensibilité pour un homme qui a fait tant de mal. — Et tant de bien, reprenait Fanny ; c'est ainsi que les hommes n'ont de mémoire que pour le mal ; d'ailleurs, je ne me défends pas du sentiment que j'éprouve pour cet infortuné dont une passion terrible a altéré le jugement, et je ne puis qu'être sensiblement touchée de le voir errant, poursuivi par ses remords ; et enfin, quand je pense qu'il mourra misérablement, et que je ne le reverrai plus, je ne puis retenir mes larmes ; mais ce n'est pas lui seul qui les fait couler : puis-je oublier Edgard, le fils de lady Wilz, ma digne et respectable maîtresse, dont j'ai reçu tant de marques de bienveillance ; et quand je pense que son fils bien-aimé est privé de la liberté.... — Par ce même personnage que je hais de tout mon cœur et du plus profond de mon âme, parce qu'il est méchant. — Non, mon fils, mais abandonné à ses passions qu'il n'a jamais su maîtriser, et tu vois où elles conduisent. »

Fanny continuait d'aller au château, et Henriette la recevait avec bonté. Cette femme avait connu Edgard dans sa jeunesse : quand tout manque, on se rattache aux plus faibles liens ; c'est la touffe d'herbes que saisit celui qu'un torrent entraîne dans les flots.

« Quoi ! lui disait Henriette, l'homme

de la montagne ne vous a point laissé entrevoir dans quel pays il a transporté Edgard?—Jamais.—Etait-il long-temps sans retourner auprès de lui? — Quelquefois trois ou quatre mois. — Et pendant ce temps, que devenait Edgard? — Il m'a assuré que rien ne lui manquait, *excepté la liberté*. Voilà tout ce qu'il m'a dit, et je n'en saurai pas davantage, puisque sûrement je ne le verrai plus. » En effet, on n'entendit plus jamais parler de l'homme au javelot. Cependant, on voyait encore un homme, pendant quelques nuits d'hiver, lorsque la lune éclairait la contrée et donnait une teinte argentée aux eaux du Tarn, monté sur une barque qui suivait le cours de l'eau; elle était conduite par ce seul homme, ce n'était point un pêcheur; il s'arrêtait en face de l'aile du château qu'habitait Henriette, y restait plus d'une heure, malgré la rigueur de la saison, puis remontait péniblement la rivière.

Milady Wilz fut tentée plus d'une fois
de descendre sur la terrasse avec madame Roberson; mais songeant que ce
serait faire naître dans le cœur de cet
infortuné une espérance fallacieuse, elle
résista au desir de savoir par lui des nouvelles de son Edgard dont elle ignorait
entièrement le sort.

Marguerite qui conservait à la fille
d'Anna l'intérêt qu'elle avait toujours
pris à sa mère, vint à Birmingham, pour
témoigner à lady combien elle avait été
touchée des pertes multipliées qu'elle
avait faites en si peu de temps. Elle
regrettait surtout sensiblement Anna,
qu'elle regardait comme son amie, chose
rare sur le trône. Elle avait aussi été affligée de la mort de Barkler, qui lui
avait donné des témoignages d'un attachement constant, depuis qu'il s'était
rallié au parti de Lancastre. Elle sentait
aussi que c'était le seul qui eût pu retrouver Edgard, qu'elle ne pouvait se

onsoler de savoir toujours absent. Elle
en parla long-temps avec Henriette,
qui ne s'en lassait pas : car sa pensée se
enfermait toute entière dans le chagrin
l'être éloignée de son époux, et celui de
ormer son frère à la vertu. Elle avait
été au moment d'apprendre à la reine le
ecret de la naissance de Richard et de
prendre le nom de lady Wilz; mais elle
réfléchit que ce serait un faible avantage
pour le jeune lord; et que pour elle,
ayant absolument renoncé à la société,
peu lui importait d'avoir un titre ou de
n'en point avoir. Elle résista constamment
au désir que la reine lui témoignait de la
revoir à sa cour, et elle pria S. M. de
trouver bon qu'elle attendît pour s'y
rendre qu'elle y fût accompagnée de son
époux; et elle attendrait long-temps,
disait la reine, car elle ne pouvait croire
qu'il existât encore.

Toutes les choses furent dans la même
situation, jusqu'au temps où l'exil de

William finissait. On se rappelle qu'il devait rester six ans dans l'Inde. Il en revint et fit demander à la reine la permission de paraître à sa cour. Cette princesse qui n'avait aucune raison de s'y opposer, fixa le jour où il devait s'y rendre. On était assez curieux de voir le changement que cette absence et la différence de climat avaient pu faire sur lui ; et en effet on le trouva extrêmement noirci par le soleil brûlant de l'Inde, ce qui ajoutait au sombre de sa physionomie. D'ailleurs il parut profondément triste, et la nouvelle dont il fit part à la reine, ne pouvait qu'être pour lui que très-douloureuse. Après avoir assuré leurs majestés de son respect et du désir qu'il avait de pouvoir leur prouver son zèle, il leur apprit qu'Edgard était mort à Madras un mois avant qu'il mît à la voile pour revenir en France. — « Edgard mort dans l'Inde, et quelle raison avait-il eu d'y passer ?

— Son extrême attachement pour moi, reprit William, qui ne lui a pas permis de supporter mon absence. Aussi dès qu'il eut appris mon exil, il s'embarqua secrètement et vint me rejoindre; jugez de ma joie et de ma surprise, quand on vint me dire qu'un vaisseau français, ayant à bord Edgard Wilz, était entré dans le port. Depuis ce jour nous ne nous sommes pas quittés un seul instant, et nous allions revenir en Angleterre, lorsqu'une maladie épidémique m'a enlevé l'ami de mon enfance. » La reine, qui trouvait peu de vraisemblance à son récit, lui parla de la rivalité qui avait existé entre lui et son frère. « Nous avons, dit-il, renoncé l'un et l'autre à nos prétentions sur la belle Henriette. A présent que mon cher Edgard n'existe plus, je ne cache point que je tàcherai d'obtenir la main de miss Herefort, et je le ferai avec d'autant plus d'empressement, que l'on ne pourra pas m'accuser d'un sor-

4.

dide intérêt ; ayant appris à mon arrivée
que lord Herefort avait laissé un fils qui
enlève à sa sœur la plus grande partie de
sa fortune ; la mienne s'est considérable-
ment accrue pendant mon voyage dans
l'Inde, et en y ajoutant celle dont je
laissais la jouissance à mon frère, je serai
presqu'aussi riche que l'était le lord Herefort. » Marguerite doutait encore,
quand William ajouta : « Je rapporte les
restes de l'ami le plus cher que j'ai eu,
et je les ferai déposer dans la chapelle du
château de Walwick, où je ferai réserver
ma place et celle de ma compagne, et
ainsi la mort nous réunira, Henriette,
Edgard et moi, dans le même tombeau. »

Ensuite il entra avec le duc de Sommerset dans les plus grands détails sur
tout ce qu'il y avait à faire pour amélio-
rer le commerce de l'Angleterre avec
l'Asie, et l'enlever aux Vénitiens qui s'en
étaient emparés. Le ministre fut étonné
de l'étendue de ses connaissances, et ses

plans étaient si excellens que ce furent
eux que l'on suivit près de deux cents
ans après, lorsque l'on parvint à ôter
aux Hollandais, aux Portugais, et plus
anciennement encore aux Vénitiens, la
suprématie des mers, que l'Angleterre
a acquise depuis d'une manière colossale.
Mais parlons de William.

On ne revenait pas à la cour de sa su-
périorité, et on disait : « Il est impossible de juger les hommes dans l'efferves-
cence des passions ; qui aurait dit que le
lord Wilz eût été capable de se livrer à
un travail aussi assidu, de former des
projets si vastes et si importans ? » Plusieurs traités faits avec les souverains de
ces contrées, et qu'il rapportait, prou-
vaient ce qu'il disait, et ainsi il était impossible d'en douter, et par conséquent
de tous les autres circonstances qu'il
avait rapportées ; et Marguerite disait :
« Que nous sommes simples de nous affliger si vivement d'être séparés de l'objet

que nous aimons, d'accroître notre peine
de l'idée de la sienne ! Cette pauvre Henriette, qui se désespérait du sort d'Edgard, était loin de penser qu'il fût libre
et heureux auprès de son frère, gouverneur général de l'Inde, et que pour s'assurer une existence agréable, il ait renoncé tranquillement à ses liens avec
elle, qu'il avait juré aux pieds des autels
d'aimer toujours ; et puis fiez-vous aux
promesses d'un amant, quand un époux
trahit si déloyalement son épouse. »

Elle résolut de partir pour Birmingham afin d'apprendre à Henriette avec
précaution ces tristes nouvelles ; et pour
empêcher William de le faire sans ména-
gement, elle lui défendit d'aller à
Birmingham avant son retour. — « Mon
voyage sera de huit jours, dit-elle, je
veux lorsque je serai arrivée m'entretenir
encore avec vous de ce que vous avez à
faire pour amener Henriette à consen-
tir à votre union, Je ne vous cache

oint que c'est elle que je vais voir ; je
eux la préparer à apprendre la mort
'un homme qu'elle a tendrement aimé ,
t je veux en même temps sonder son
œur sur la proposition que vous voulez
ui faire ; mais elle me demandera peut-
tre des preuves de la mort d'Edgard.
— Hélas ! madame, en voila une irrécu-
able, c'est le portrait d'Henriette que
e malheureux avait conservé, car en
enonçant à sa main, il n'avait pu étein-
lre son amour ; c'est lui qui m'a remis
n mourant ce gage de celui d'Henriette.
— Donnez, dit la reine. — Voici aussi
anneau qu'elle lui avait remis, comme
reuve qu'elle n'aurait point d'autre
poux. Dites-lui, madame, que je crois,
n remettant à votre majesté ces tristes
reuves de la mort de celui qui nous
ut si cher, qu'elles lui seront moins
louloureuses ; et que, dans le dessein où
'ai toujours été, et serai toujours, de
out faire pour contribuer à son bonheur,

je m'estime heureux que votre majesté
veuille bien se charger de lui porter ces
coups, hélas! trop sensibles, et me lais-
sent alors la liberté, si elle daigne m'ad-
mettre en sa présence, de n'avoir à lui
parler que de l'amour dont je brûle pour
elle, et que le temps et l'absence n'ont
fait que rendre plus ardent.

La reine convint qu'il avait raison, et
se chargea du portrait et de la bague.

CHAPITRE XLI.

DEPUIS plusieurs jours Henriette était livrée à une tristesse plus profonde, il semblait qu'un triste pressentiment la poursuivît. Elle était descendue dans l'asile de la mort, elle avait été arroser de ses pleurs le tombeau qui renfermait les auteurs de ses jours, et elle remontait de ces tristes demeures quand miss Alworty vint au-devant d'elle. « Madame, lui dit-elle, les courriers de la reine sont arrivés, et ils disent que sa majesté sera ici dans un instant. » Henriette se hâta de rentrer dans son appartement et de changer de robe. Sa toilette était à peine achevée qu'elle entendit les pas des chevaux de ceux qui accompagnaient Marguerite. Milady Wilz accourut au péristyle du château pour présenter ses respectueux hommages à la reine et au

prince de Galles, que sa majesté avait
amené pour qu'il fît connaissance avec
Richard ; elle voulait le lui donner pour
son grand chambellan , aussitôt qu'il serait en âge : ce furent les premières paroles que Marguerite dit à la fille de son
amie, et elles la pénétrèrent de reconnaissance.

Jamais prince n'annonça de plus bril-
lantes qualités qu'Edouard ; il avait la
beauté, la fierté et la vivacité de sa mère;
la douceur, la bonté de cœur de son
père. Henriette lui présenta son fils, et
dit à Richard de baiser la main du prince;
comme celui-ci hésita t, Edouard se jeta
dans ses bras : cette naïve affabilité tou-
cha Henriette, et elle fut fâchée que son
frère n'eût pas un caractère aussi franc
que paraissait être celui du jeune prince..
La reine laissa son fils avec sa suite, et
prenant le bras de la fille de son amie,
elle se fit conduire par elle dans son oratoire ; ce choix , pour une conférence

secrète, surprit Henriette; elle ne connaissait pas à cette princesse un penchant marqué à la dévotion; il fallait qu'elle eût quelque chose de bien extraordinaire à lui dire, pour qu'elle eût choisi un endroit consacré à la prière.

Après avoir fléchi les genoux pour rendre leurs respects à l'image du Christ, la reine se releva aussitôt, et s'asseyant dans un fauteuil qui était celui d'Anna, où personne ne s'était placé depuis sa mort, elle fit signe à Henriette de prendre un pliant à côté d'elle; puis, serrant affectueusement sa main, elle lui dit : « Vous êtes capable, Henriette, de donner des preuves de la fermeté de votre caractère, le moment est venu..... — Edgard est mort! » s'écria milady Wilz, et elle tomba, sans connaissance, aux pieds de la reine. Cette princesse qui ne s'était pas attendue à être si promptement comprise par la malheureuse veuve, se trouvait fort embarrassée : les grands

savent rarement ce qu'il faut pour secourir leurs semblables ; les flatteurs s'occu-
pent de les priver de leurs facultés phy-
siques par des soins continuels qui leur
en ôtent l'usage à un tel point, que Marguerite ne savait quel parti prendre ; et
celle qui avait remporté des victoires,
ignorait ce qu'elle devait faire pour se-
courir une femme évanouie ; elle ne
trouva rien autre chose que de sortir
précipitamment de l'oratoire, et de traverser la chambre à coucher pour se
rendre dans la petite galerie où se tenaient les demoiselles de lady. « Courez,
leur dit-elle, secourir votre maîtresse
qui est sans connaissance ; quand elle
aura repris ses sens, vous m'en avertirez
pour que je revienne auprès d'elle. » Et
la reine se retira dans l'appartement
qu'elle occupait toujours quand elle venait à Birmingham.

Miss Alworty et ses compagnes, très-
effrayées de ce que leur disait la reine,

coururent au secours de leur maîtresse ;
ne d'elles avertit madame Roberson et
Jenny, qui n'avaient pas moins de zèle
que ces jeunes personnes et plus d'expé-
rience, pour donner à miss Herefort ce
qui lui était nécessaire. Elles arrivèrent
presqu'aussitôt qu'Alworty, qu'elles trouvèrent cherchant à relever sa maîtresse,
pour la coucher sur un lit de repos qui
était près de là. Jenny, fort adroite, et
surtout vivement attachée à lady, la
prend dans ses bras, l'emporte dans sa
chambre, la place sur son lit, coupe ses
lacets, et lui a déjà fait respirer des eaux
spiritueuses avant que les autres aient
eu le temps de la voir. Le chirurgien,
que l'on avait fait avertir, trouva qu'il y
avait suffocation plutôt qu'évanouissement, et il fit une saignée qui lui rendit
aussitôt la connaissance ; mais ce fut avec
l'expression d'un si profond désespoir,
qu'il effraya tout ce qui était près d'elle.
Lady Wilz reconnaissant madame Ro-

berson, l'appela, et la serrant fortement
contre sa poitrine, elle lui dit de manière
à n'être entendue que d'elle, « Il est
mort. » Et laissant aussitôt retomber ses
bras, on crut qu'elle allait se trouver
de nouveau dans l'état d'où elle venait
de sortir, ce qui remplit de crainte tout
ce qui l'entourait. Pour sa fidèle nourrice, le peu de mots qu'elle lui avait dits
l'avait remplie d'une si vive douleur,
qu'elle ne pouvait en contenir les marques, et on la vit fondre en larmes.

Henriette resta fort long-temps dans
cette situation ; sa pâleur était extrême,
son pouls battait à peine, ses yeux en-
tr'ouverts dont on n'aperçoit point le
cristallin, donnaient à toute sa personne
bien plus la ressemblance d'un être qui
avait quitté le séjour terrestre que d'une
femme vivante. Cependant le chirurgien
assurait qu'il n'y avait pas de danger, et
il fit cette réponse à l'écuyer de la reine,
qui venait de la part de sa maîtresse,

savoir dans quel état se trouvait milady Wilz.

Enfin, étant revenue entièrement à elle, elle fit signe qu'à l'exception de madame Roberson et de Fanny, elle priait qu'on la laissât seule avec ses deux fidèles confidentes de tous les malheurs qui l'accablaient depuis si long-temps; on obéit, et alors Henriette répéta ces douloureuses paroles : « Il est mort. — Et qui vous l'a dit? reprit mad. Roberson. — La reine. — Et comment le saurait-elle ? — Elle ne m'en a rien dit; elle ne m'a pas même dit qu'elle le sût; mais qui aurait pu engager cette princesse à venir me trouver? pourquoi me conduire dans mon oratoire ? pourquoi me dire que je dois donner des preuves de mon courage? ah! tout cela ne pouvait être que pour me préparer à entendre cet arrêt terrible. — Si vous n'avez que des indices aussi incertains, reprit madame Roberson, comment pouvez-vous vous

livrer à cet affreux désespoir ? et Jenny
disait la même chose. — Ne cherchez
point, mes amies, à me rendre une espérance qui me ferait sentir deux fois ce
qu'il y a de plus triste au monde ; je ne
crois pas que je puisse résister à une seconde secousse, et il faut que je vive
pour Richard. — Et pour tout ce qui
vous entoure. — Je ne le promets pas,
mais j'y ferai mon possible, parce que je
suis persuadée que sans moi, mon frère,
malgré sa grande fortune, son beau nom,
une figure agréable, serait malheureux,
si son humeur altière n'est pas réprimée;
et si je mourais, qui aurait le droit de lui
parler avec la liberté nécessaire pour lui
faire connaître la vérité ? Ah! Richard,
Richard, tu ne connaîtras jamais celui à
qui tu dois la vie; il ne me sera pas même
permis de te dire : Edgard fut ton père. »
Cette pensée agissait avec tant de violence sur elle, qu'elle fut encore prête à
s'évanouir. A ce moment, la reine faisait

demander si elle pouvait la voir ; Henriette répondit, que sans l'état de faiblesse et d'abattement où elle était, elle se rendrait auprès de sa majesté, mais qu'il lui était impossible de marcher.

Marguerite vint aussitôt. Il restait peut-être au fond du cœur d'Henriette, un léger espoir que ce n'était pas la mort d'Edgard que la reine venait lui apprendre, mais il fut bientôt détruit ; car Marguerite lui confirma cette affreuse vérité, et entra avec elle dans les mêmes détails que William lui avait donnés. Milady Wilz l'écouta dans le plus profond silence, sans chercher à l'interrompre ; quand la reine eut cessé de parler, elle leva les yeux au ciel, et s'adressant aux mânes de son époux, elle dit : « Toi qui fus le modèle de la loyauté et de la générosité, reçois, cher Edgard, le sacrifice que je te fais en ne répondant rien à de pareilles impostures. — Quoi ! dit la reine, vous ne croyez pas à cette douloureuse nouvelle ? — Hélas ! reprit milady, je ne crois que trop à la mort de mon époux ; il y a long-temps que je la redoute ; mais je dois me taire sur les circonstances dont lord William prétend qu'elle fut accompagnée. — J'ai voulu aussi les révoquer en doute, mais il rapporte les cendres d'Edgard, et il m'a chargé de vous remettre le portrait que votre époux tenait de votre amour, et la bague que vous lui aviez donnée. — Ah ! madame, quoi ! un autre que moi possédera ces précieux restes, et le mystère qui a caché mon union avec sir Wilz, me défend de les réclamer ; si quelque chose pouvait ajouter à ma douleur, ce serait cette pensée. » Et prenant l'anneau qu'elle avait donné à son époux, elle dit : « Voilà donc tout ce qui me reste de mon Edgard. »

La reine la voyant si profondément affligée, ne crut pas le moment favorable pour lui parler des prétentions de son

eau-frère. Elle passa trois jours à Birmingham, pendant lesquels elle ne cessa
e donner à Henriette les témoignages
es plus affectueux de bonté ; mais rien
e tarissait les larmes de cette veuve in-
ortunée, dont la vue même de son fils
igrissait les douleurs ; les jeux innocens
le cet enfant avec le prince lui faisaient
éprouver un profond chagrin : « Est-il
possible, disait-elle, que mon fils se livre
à la joie, quand son père meurt victime
d'un frère barbare, qui joint le men-
songe à tous ses crimes ! » Enfin la reine
quitta Birmingham, disant qu'elle ne tar-
derait pas à revenir.

Dès que Marguerite fut partie, Henriette ouvrit son cœur à sir Edmond.
« Je n'ai pas besoin de vous dire à quel
point le récit de William est faux, vous
le savez aussi bien que moi : quelle raison de croire que mon Edgard m'ait
abandonnée pour aller joindre un frère
dont il avait tant à se plaindre ? mais en-

fin quel que soit le pays où mon époux a
terminé sa carrière, il est certain que ce
ne fut qu'en pensant à celle qu'il aimait
quant à moi, je jure d'être fidèle à sa
mémoire, et de ne jamais revoir celui
que je regarde comme l'auteur de tous
mes maux. Je vous prie donc de donner
le signalement du lord Wilz, afin que
personne ici ne le laisse pénétrer jusqu'à
moi, je sens que sa vue me tuerait. »
Edmond l'assura que jamais William ne
passerait le pont-levis, à moins qu'il ne
se déguisât tellement qu'il fût impossible
de le reconnaître.

Henriette, toute à sa douleur, restait
renfermée dans son appartement, et
laissait à Edmond et à miss Alworty le
soin de faire les honneurs de sa table à
ceux qui venaient à Birmingham.

Au bout de six semaines, Marguerite
pressée par William, honora Henriette
d'une seconde visite ; et comme celle-ci
plus maîtresse d'elle-même qu'au mo

ient où elle avait appris la mort d'Ed-
ard, parut moins affligée, sa majesté
rut qu'il pouvait être possible de lui
arler des vœux que William osait for-
ner. Henriette écouta la proposition de
a reine avec respect, et répondit, « que
ensant bien que sa majesté daignait
rendre intérêt à elle, c'était au nom de
et intérêt qu'elle la suppliait de ne ja-
nais lui parler de former d'autres nœuds
que ceux que la mort avait rompus, auxquels sa majesté avait daigné assister;
que son éloignement pour William avait
oujours été invincible, et qu'elle suppliait la reine d'ordonner au lord Wilz
le renoncer à toutes poursuites à cet
égard, qui ne serviraient qu'à troubler
on repos sans jamais la faire changer de
résolution. »

La reine la pressa inutilement, elle
fut inexorable; et sa majesté reprit le
chemin de Londres, n'ayant qu'une fort
riste réponse à porter à William.

CHAPITRE XLII.

William attendait le retour de la reine avec la plus vive impatience ; cette princesse lui fit donner l'ordre de se rendre au palais, et dès qu'il entra dans la galerie, elle lui fit signe d'approcher, et le conduisant dans l'embrâsure d'une croisée, elle lui dit qu'il devait renoncer à l'espérance d'épouser Henriette ; qu'elle s'en était expliquée de manière à ne laisser aucun doute sur la résolution qu'elle avait prise de ne point se marier, et que ce qu'il pouvait faire de mieux, était de renoncer à miss Henriette. « Jamais ! » reprit-il avec l'accent de la fureur, que le respect qu'il devait à la reine ne put contenir. Cette princesse en fut si offensée, qu'elle lui dit : « Vous avez donc oublié votre premier exil ? soyez certain que si j'apprends que vous

roublez le repos de miss Herefort, je
mettrai entre elle et vous une telle distance, et pour de si longues années, que
votre fatal amour s'éteindra malgré vous.»
William, rappelé à lui-même par la sévérité avec laquelle Marguerite pro-
nonça ces mots, fit quelques excuses à
sa majesté, promit ce qu'il ne voulait pas
tenir, et prit congé de la reine qui lui
répéta encore, que s'il allait à Birmingham, il pouvait être assuré qu'il serait
forcé de quitter l'Angleterre. « Eh bien!
dit-il à demi-voix, ce qui n'empêcha pas
la reine de l'entendre, j'irai en France,
et j'y porterai mes observations sur le
commerce de l'Inde. » La reine donna
l'ordre de l'arrêter ; mais il s'échappa du
palais, sans que l'on pût l'y retenir.

Tant d'audace fit reprendre à la reine
les sentimens qu'elle avait eus pour lui
lors de sa trahison avec Anna, et résolut
de le punir de son insolence ; elle en parla
à Sommerset qui ne trouva pas le mo-

ment favorable : « Il y a, dit-il, une grande fermentation dans l'état, attendez encore quelque temps : la vengeance des gens puissans est lente, mais elle est sûre. Si les mouvemens qui ont lieu dans le pays de Galles se calment, et que lord Wilz tourmente miss Herefort de sa funeste passion, vous pourrez alors sans danger lui faire sentir que l'on ne brave point en vain votre autorité; mais ce qu'il faut éviter, c'est de la compromettre. » La reine se rendit à l'avis de son ministre; elle lui avait appris le secret du mariage de miss Herefort avec Edgard; il n'en persistait pas moins dans l'idée qu'il ne fallait point forcer William à quitter le parti du roi, dans lequel il le regardait comme important, d'après la haute opinion qu'il avait prise de ses connaissances administratives; et loin de le punir pour une simple intrigue amoureuse, il avait résolu de le faire entrer dans le conseil, en lui donnant le portefeuille de la marine, afin de le mettre a même d'exécuter les plus beaux plans qu'il avait conçus pour le commerce de l'Inde, qui devait un jour enrichir l'état d'une manière si rapide. La reine n'osa pas contrarier son ministre ; et William ne fut pas peu surpris de recevoir au lieu d'un mandat d'arrêt auquel il s'attendait, sa nomination au ministère de la marine. Il la regarda comme un bienfait du ciel, parce qu'elle pouvait lui fournir les moyens de s'emparer d'Henriette, s'il parvenait à l'attirer hors de Birmingham; mais avant tout il voulut s'assurer par lui-même s'il était vrai qu'Henriette rejetait ses vœux.

La place éminente dont il venait d'être revêtu, et qui devait prouver sa faveur auprès de la reine, lui persuada qu'il pouvait facilement faire penser à Henriette que cette princesse persistait dans le dessein de les unir. Il partit donc de Londres dans le plus somptueux appa-

reil, tel qu'un ministre du roi qui aurait
dû faire son entrée dans quelque ville
principale; et s'étant fait précéder de
plusieurs courriers superbement vêtus
et montés, ils demandèrent que l'on
baissât le pont pour monseigneur le ministre de la marine, qui désirait rendre
ses devoirs à la fille du feu lord Herefort,
grand amiral. Comme personne au château ne savait la nomination de William,
on n'eut aucun soupçon que ce fût lui,
et l'on baissa le pont, ce que le lord
ayant vu de loin, il mit son cheval au
grand galop, de sorte qu'il se trouva sur
le pont presqu'en même temps que ses
courriers : ses gens le suivaient de loin,
car leurs chevaux n'étaient pas si vites
que celui que montait William; cependant il en arriva quelques-uns qu'on
laissa passer aussi au nombre de huit à
dix; et comme le reste de sa suite n'avait
pu le joindre, ils demeurèrent de l'autre
côté des fossés, car le pont était déjà

relevé quand ils arrivèrent. Edmond, étonné du bruit qu'il entend, vient au-devant, et sa surprise, je pourrais même dire son indignation, fut extrême en apercevant William, qu'il avait connu dans le temps que le lord était venu avec la reine dans ce même château. « Mon-seigneur, lui dit-il, oserais-je vous de-mander quelles sont vos intentions en venant ici? — Celles de faire ma cour à votre maîtresse. — Elle ne voit absolu-ment personne; et je crois que si milord a conservé quelque souvenir de ce qui s'est passé avant son départ pour l'Inde, il doit penser que miss aura encore moins de désir de le voir que qui que ce soit. — Je ne réponds pas, reprit le ministre de la marine, avec une extrême hauteur, à cet insolent discours; je vous ordonne, au nom de la reine, de m'introduire au-près de miss. — Je n'ai ici d'ordre à re-cevoir que de ma maîtresse; je ne suis point dans la marine, je n'y ai jamais été:

5.

ainsi, en respectant un ministre du roi, je ne m'en crois pas obligé davantage de lui obéir ; et j'ose vous dire, milord, que vous vous exposez beaucoup. — Qui oserait ?.... — Moi, monseigneur, si vous vouliez pénétrer dans ce château, asile de la douleur dont vous êtes cause. » William furieux mit la main sur la garde de son épée, quand un page du jeune lord vint inviter le ministre à se reposer dans la grande galerie où miss Herefort allait se rendre. Edmond surpris de cet ordre, ne put pas insister davantage, et il conduisit lui-même William dans le lieu indiqué par miss Herefort, pour entretenir son beau-frère. Il n'y fut pas plus de cinq minutes qu'une porte latérale s'ouvre, et Henriette parut vêtue de noir, tenant son fils par la main, son fils, celui qu'elle appelle son frère, et qui est la vivante image d'Edgard. A sa vue, William se troubla, puis il vint se jeter aux genoux d'Henriette. Richard effrayé,

se reculait, et voulait entraîner sa mère;
celle-ci, au contraire, prit la parole avec
la dignité qui caractérisait ses moindres
mouvemens : « Comment osez-vous,
barbare, pénétrer jusqu'à moi? votre
frère est mort, c'est par vous que je l'apprends : rappelez-vous des circonstances
que je veux bien taire, et vous devriez
imaginer ce que je dois penser. » William se livrant avec une extrême vivacité,
dit : « Est-il possible qu'Henriette ait eu
un instant cette horrible idée? moi, trem-
per mes mains dans le sang de mon frère,
que j'aimais avant que, pour le malheur
de tous trois, je vous eusse connue, que
j'aimais au-delà de toute expression :
Edgard! cher Edgard, que n'es-tu ici
pour me justifier; que ne peux-tu sortir
de la nuit des tombeaux pour attester
que mes mains sont innocentes de ta
mort? » A cet instant, le ciel se couvrit
de nuages; un ouragan affreux parcourt
l'horizon, entraîne tout ce qu'il rencon-

tre, et vient frapper en mugissant les
tours du château ; une nuée, la plus noire
qui eût jamais été étendue sur l'azur céleste, dérobe presqu'entièrement le jour,
et est sillonnée au même moment par un
éclair que l'on n'a pas eu le temps d'a-
percevoir ; la foudre éclate, et brisant
une des croisées du château, vient tomber aux pieds de William, le couvre de
vapeurs sulfureuses, le renverse, privé
de l'usage de ses sens, et Henriette et
ceux qui étaient dans la galerie, croient
qu'il est mort.

Cet évènement fait taire en elle tout
sentiment de haine, et quoiqu'il paraisse
que ce terrible châtiment du ciel prouve
le crime de William, elle ne veut pas
ajouter à la vengeance du maître de l'u-
nivers ; elle s'empresse, au contraire, à
faire donner de prompts secours au lord,
on le transporte dans le même appartement qu'avait occupé Edgard, pendant
qu'il était prisonnier à Birmingham, et

on le livre aux soins du chirurgien, qui
assure qu'il est vivant, et répond même
que les suites de cet accident ne seront
pas dangereuses. On s'occupe alors des
gens de la suite du ministre, qui, au
moment du coup de vent, étaient entrés
dans le vestibule : on leur signifia de remettre leurs armes, et qu'ils eussent à se
laisser conduire dans la partie des souterrains dont on avait conservé l'entrée.
« Votre maître est peut-être mort, leur
dit-on ; quand on saura son sort, on vous
rendra la liberté, que vous pouvez cependant recouvrer dans cet instant, en
sortant du château. » L'écuyer de William et un de ses pages, qui étaient du
nombre de ceux entrés dans le château,
demandèrent à soigner leur maître. On
alla prendre les ordres de miss Herefort,
qui leur accorda ce qu'ils demandaient.
Les autres, qui ne voulaient pas quitter
le lieu où le lord était retenu, se laissè-
rent conduire dans la grande chambre

où Richard était né, et où l'homme au javelot était venu le bénir.

Les soldats de William ignoraient ces circonstances, ils ne voyaient qu'une grande chambre voûtée sans fenêtres, et ne prenant l'air que par une cheminée fermée avec des barres de fer. Pour les recevoir, on avait ôté les meubles précieux qui y étaient encore avant leur arrivée, et on les avait remplacés par ceux nécessaires au logement de huit soldats. Quant aux vivres, on savait bien qu'avec Henriette, on pouvait être sûr de ne manquer de rien, et on y pourvut presqu'aussitôt avec une grande abondance. On sut aussi que la suite du ministre avait été dispersée par l'ouragan, et que l'on ne savait plus ce qu'ils étaient devenus. Un grand nombre de leurs chevaux furent trouvés morts dans le chemin, et on vit flotter sur les eaux des fossés qui entouraient le château, des cadavres de ces malheureuses victimes de la folle passion de leur maître.

CHAPITRE XLIII.

MALGRÉ les soins assidus du chirurgien, de l'écuyer et du page de William,
il fut pendant vingt - quatre heures dans
l'état le plus allarmant; il ne reconnais-
sait personne, nommait seulement de
temps en temps Edgard , Henriette,
demandait qu'on lui amenât Richard.
Enfin au bout de ce temps, il reprit la
connaissance, et il fut très-effrayé quand
il se vit dans le château de Birmingham; il
demanda ses armes; son écuyer répondit
que monseigneur était prisonnier ainsi
que tous ceux qui l'avaient accompagné,
et qu'à l'exception de lui et d'un des pages
de sa seigneurie, tout le reste était ren-
fermé dans les souterrains du château.
« Je devais bien m'attendre, dit-il, que
le ciel punirait ma témérité, me voilà
donc privé pour toujours de ma liberté. »

Puis pensant qu'il était comme ministre du roi, dans une classe différente des simples particuliers, il se flatta que sa belle-sœur n'oserait pas le retenir, et en effet ce n'était point son intention. Si Edgard eut vécu, Henriette eut pu mettre pour prix de l'élargissement de William, celui de son époux ; mais elle a appris sa mort, ainsi elle ne tirerait d'autre avantage de la captivité de William, que la vengeance de tous les maux qu'il lui avait faits. Mais l'âme noble de milady Wilz est incapable d'y trouver aucun plaisir.

Quand elle apprit que son beau frère était hors de danger, elle lui envoya Edmond pour lui dire qu'il était le maître de rester pour se rétablir entièrement, ou d'accepter sa litière pour se rendre à Londres avec les hommes de sa suite, à qui l'on rendrait leurs armes au moment du départ ; il préféra de rester quelques jours, il se flattait de revoir Henriette,

et il le lui fit demander. Elle répondit
qu'elle le recevrait dans la galerie le jour
qu'il devrait partir ; et comme il avait
fait demander Richard, elle le lui envoya
accompagné d'Edmond. Il combla l'enfant de caresses. Celui-ci eut assez de
peine à s'accoutumer à la physionomie
de son oncle, qui était belle, mais d'une
expression dure. William lui attacha au
col une chaîne d'or, où était suspendu
le portrait de son père entouré de bril-
lans d'un très grand prix ; et ce qui ajouta
à la beauté du présent, c'était la parfaite
ressemblance que le peintre avait su
donner à l'ivoire, et ce peintre était William. Comment accorder tant de choses
incompatibles, tant d'attachement et....
Mais gardons-nous de soulever le voile
qui nous dérobe la plus grande partie
des forfaits de William ; l'espèce humaine
gagne rarement à être considérée de
trop près.

Il commençait à sortir de son lit ; il se

fit conduire à la croisée de sa chambre, dont il se souvenait que l'on voyait celle d'Henriette; mais vainement il voulut l'entrevoir, soit qu'elle évitât de s'approcher de la fenêtre, il ne put jouir du bien qu'il s'était promis en restant à Birmingham : et pensant que les devoirs de sa place le rappellaient à Londres, il fit demander son audience de congé à celle qui commandait dans le château en attendant que les années en eussent rendu maître son prétendu frère. Henriette l'accepta pour le jour même, et en fit prévenir ceux de la suite de son beau-frère : elle le reçut comme la première fois, en présence de Richard et de son gouverneur ; et comme William allait ouvrir la bouche, Henriette se hâta de lui adresser ce discours : « Vous avez vu, milord, combien le ciel était irrité de votre témérité, pensez qu'il n'a suspendu l'effet de sa vengeance que pour vous donner le temps de vous repentir;

mais n'abusez ni de sa patience, ni de la mienne ; souvenez-vous que j'ai des preuves, et que si je les communiquais à la reine, elles vous perdraient. — Quoi! Henriette, vous pourriez.... dit-il en pâlissant. — Oui, j'y suis décidée, si vous vous obstinez à troubler une vie qui est entièrement consacrée aux regrets. Je ne vous cache point cependant que je suis très-reconnaissante du présent que vous avez fait à mon fils ; j'ai fait ôter du médaillon que vous lui voyez au cou, le portrait de mon Edgard, que je conserverait tant que je vivrai, et j'y ai fait mettre le mien en sa place, comme ayant appartenu à son père. Adieu, milord ; j'apprendrai avec plaisir, au fond de ma retraite, que, répondant à la confiance de la reine, vous remplissez avec gloire l'important ministère qui vous est confié; et lorsque cet enfant sera parvenu à l'âge d'homme, je le verrai avec plaisir em-

brasser une carrière où vous pourrez
l'aider de votre crédit, et où lord Herefort, dont il porte le nom, a possédé le
premier grade; alors, le temps ayant
amorti et les ressentimens et les trom-
peuses passions, je vous verrai comme
le frère de celui qui me fut si cher, et
comme le protecteur de mon fils. »

Cette extrême modération, jointe à la
plus grande fermeté, déconcerta tellement William, qu'il ne sut que répondre; et subjugué par l'empire de la vertu,
il balbutia quelques mots, serra Richard
dans ses bras, recommanda la mère et le
fils aux soins du brave et loyal Edmond,
et s'éloigna pour jamais des tours de Birmingham. Il retrouva dans la cour ses
gens à cheval et armés; on baissa le pont,
et le ministre de la marine reprit triste-
ment le chemin de Londres, ramassant
sur sa route les débris de sa brillante
suite, dont plus de la moitié avait péri

misérablement. Il redoutait l'instant où
il reverrait la reine ; mais il fut bien satisfait que sa majesté ne lui parlât pas de
Birmingham, et qu'il lui fût possible de
penser qu'Henriette avait eu l'extrême
bonté de ne point instruire la reine de
sa démarche auprès d'elle ; le premier
ministre même n'en avait pas été instruit;
on pensait que William avait fait une
course dans le pays de Galles, pour s'informer des progrès de l'insurrection,
qui, en effet, étaient alarmans : le lord
était sûr de la discrétion de ses gens,
dont il savait enchaîner la langue avec
une chaîne d'or, et encore plus par la
crainte. Ainsi, cette aventure demeura
ensevelie dans l'enceinte des murs de
Birmingham, dont la prudence d'Henriette et son attachement au nom de
Wilz, ne permit pas qu'elle sortît. D'ailleurs, de grands et douloureux événemens politiques qui se succédèrent, lais-
sèrentpeu de temps pour s'occuper des

intrigues amoureuses de milord Wilz,
dont nous allons suspendre le récit pendant quelque temps, pour rapporter celui des succès et des revers de la maison
de Lancastre.

———

CHAPITRE XLIV.

Nous avons vu la reine, pendant plusieurs années, jouir d'un règne paisible ;
et elle avait une telle sécurité, que malgré ce que l'on avait appris des troubles
de la province de Galles, elle entreprit
de parcourir l'Angleterre avec le roi,
comme si c'eût été une simple prome--
nade qui pouvait être utile à la santé du
monarque, toujours assez languissante,
mais véritablement pour recueillir dans
ce voyage des témoignages d'amour et
d'admiration. On la voyait belle, encore
jeune, mère d'un fils qui avait près de
six ans, et qui annonçait les plus bril-
lantes qualités. Les soins de cette belle
personne pour un époux cacochyme et
sans moyens de plaire, mais bon, inspi-
raient au peuple de l'estime, et contri-
buaient à la rendre chère à une nation

fière, prisant la liberté, mais se respectant elle-même dans les hommages
qu'elle rend à son roi ; et on assure que
l'on portait si loin l'admiration pour la
reine, que si Henri avait voulu y con-
sentir, on aurait transporté la couronne,
qu'il n'avait plus la force de porter, sur
la tête de Marguerite, jusqu'à la majorité
de son fils ; mais qui aurait cru que ce
bon roi, qui psalmodiait, récitait son
chapelet, et chantait des litanies toute la
journée et une partie de la nuit, tien-
drait tellement à l'autorité royale qu'il
fût impossible de l'y faire renoncer ?
Marguerite l'écrivit à Henriette d'une
manière qu'il était presqu'impossible de
deviner de quoi sa majesté et miss s'en-
tretenaient ; mais le peu de succès de
cette affaire, ne fut pas le seul malheur
que la reine éprouva dans ce fatal voyage.

Le duc d'Yorck, qui avait paru céder
à l'ascendant de la reine, prit, pour parvenir à ses fins, une autre marche. Dans

es temps de troubles, des vengeances
particulières se coloraient du prétexte
spécieux du salut de l'état. Le comte de
Salisbury avait perdu son fils, par une
trahison qu'il traitait avec justice d'assas-
sinat; on apprit tout à coup qu'il s'avançait à la tête d'un corps d'armée, pour
en demander justice, ainsi que d'autres
griefs dont il se servait pour colorer sa
révolte; elle n'était autre que celle du
parti de la Rose blanche, qui s'ennuyait
de voir la paix régner dans le royaume,
et cherchait à y rallumer les brandons
de la discorde.

La cour ayant appris cette nouvelle,
s'arrêta à Coleshil en Warwickshire; on
sut en même temps que le duc d'Yorck
armait dans le pays de Galles; mais la
reine avait donné au ministre des ordres
si précis pour opposer des forces supé-
rieures aux siennes, qu'elle ne s'occupa
que de combattre le comte de Salisbury;
et elle envoya milord Auldei à la tête de

dix mille hommes ; le comte, qui n'en avait que cinq à six mille, ne voulut pas hasarder le combat, et parut fuir devant l'ennemi. Milord Auldei voulut fondre sur son arrière-garde ; mais tout à coup le comte fit tourner ses troupes contre celles du roi, et les attaqua avec une telle impétuosité, qu'il tua trois mille hommes, et milord Auldei périt sur le champ de bataille. Trop habile pour s'exposer inutilement, le comte ne poursuivit pas les vaincus ; ayant appris que le duc de Sommerset s'avançait avec le gros de l'armée royale, il se contenta de faire sa jonction avec le duc d'Yorck, dans le pays de Galles, où le comte de Warwick et les troupes qui étaient dans Calais se réunirent à eux, voulant terminer enfin, par une action décisive, cette longue querelle des deux branches de la famille royale. Tout devait faire croire que la bataille serait terrible : il y avait long-temps que l'on avait vu en Angleterre

une aussi grande réunion de troupes
dans l'un et l'autre parti ; car malgré ce
qui avait joint le duc d'Yorck, l'armée
royale était supérieure, et le duc de
Sommerset rendit encore le nombre bien
plus inégal par une proclamation qu'il
trouva le moyen de faire jeter dans le
camp du duc, par laquelle le roi promettait une entière amnistie à tous les
partisans des princes rebelles, qui se retireraient de leur armée avant l'action.

Cette promesse eut tout l'effet qu'on
en pouvait attendre ; les rebelles croyant
que la reine était certaine de la victoire,
cherchèrent leur salut dans la fuite qui
leur assurait le pardon. La désertion devint de moment en moment plus ef-
frayante, lorsque le chevalier Trolop,
qui était venu avec le duc de Warwick
et un corps considérable, ayant appris
que c'était contre le roi qu'on allait se
battre, se sépara de Warwick, et pendant la nuit, amena ses troupes dans le

camp du roi. Alors les chefs de l'insurrection se voyant abandonnés, furent
obligés de prendre la fuite. Le duc
d'Yorck se retira en Irlande, où il avait
des partisans ; le comte de Salisbury,
Warwick et le comte de la Marche, fils
du duc d'Yorck, âgé alors de dix-neuf
ans, passèrent en France, et se retirèrent à Calais.

La reine rentra en triomphe dans
Londres, où elle convoqua le parlement,
et ne craignant pas que l'on s'opposât à
ses desseins, étant à la tête d'une puis-
sante armée, elle fit déclarer le duc
d'Yorck et les chefs de son parti, ennemis de l'état, et fit prononcer la confis-
cation de leurs biens; ce qui fut exécuté,
non-seulement pour les princes, mais
encore pour leurs descendans, déclarés
incapables de posséder aucune grande
charge, jusqu'à la quatrième génération.
On tenta d'enlever à Warwick le gouvernement de Calais, que la reine avait

donné à Sommerset, mais cela fut impossible.

La reine qui voyait ses ennemis dispersés, fit l'extrême imprudence de sortir encore de la capitale, et vint dans Coventry, avec le roi et le prince de Galles, qui atteignait sa septième année. Une fête militaire, les seules que l'on connût alors, devait signaler ce grand jour. La reine avait exigé qu'Henriette y amenât son fils; mais elle fit réponse à sa majesté que cela était impossible, que rien ne la déciderait à quitter les murs de Birmingham, qu'elle s'y était engagée par serment; que d'ailleurs, elle ne s'exposerait pas à revoir son beau-frère, qui était encore ministre de la marine, et en grande faveur auprès de Sommerset; et qu'il fallait des raisons aussi fortes pour la dispenser d'obéir aux ordres de la reine; mais qu'elle envoyait son fils sous la conduite du brave Edmond.

William qui sut, car il entretenait partout des agens qui l'instruisaient de tout ce qui se passait, qui sut, dis-je, que la reine avait mandé Henriette et son fils, n'imagina pas que sa belle-sœur se dispenserait de se rendre aux ordres de sa majesté ; en conséquence, il résolut de paraître au tournoi avec toute la magnificence possible ; ses écuyers, ses pages étaient chamarrés d'or ; leurs chevaux, magnifiquement caparaçonnés, ne le cédaient, pour la beauté, qu'à ceux du roi ; le lord avait une armure d'acier poli, dont les clous étaient d'or ; l'écharpe et le panache rouges le faisaient reconnaître pour un chaud partisan de la maison régnante.

Richard savait déjà fort bien manier son cheval : on lui en avait dressé un de l'île d'Ouessant (1), parfaitement pro-

_____

(1) Ces chevaux sont fort petits, mais pleins de courage et d'adresse.

portionné à sa taille ; une armure extrêmement légère, et un casque étincelant
des diamans de sa sœur, lui donnaient
l'air d'un jeune héros.

Le prince de Galles était monté et
équipé de même ; il fut convenu qu'ils
rompraient une lance, et que ce serait
eux qui ouvriraient la lice. C'était un
spectacle bien doux pour la reine, de
voir son fils paraître en public avec des
avantages rares dans un enfant de son
âge, et qu'il s'en trouvât un, parmi ceux
nés en même temps que lui, qui pût lui
être opposé, sans crainte d'accident ; car
étant de la même force, ils ne pouvaient
se faire de mal.

La lice leur est ouverte avec toutes
les cérémonies accoutumées, ils passèrent
et repassèrent l'un à côté de l'autre avec
beaucoup de fierté ; enfin ils vinrent s'attaquer, la lance en arrêt ; Edouard chan-
cèle sur les étriers ; Richard qui ne pense
qu'à vaincre, sans s'embarrasser quel est

le rang de celui contre lequel il combat, redouble de vigueur; le prince est
ébranlé, il va quitter les arçons, quand,
ô douleur pour Richard! sa lance se
rompt à trois endroits, et il ne lui reste
à la main que le tronçon, qu'il jette de
dépit dans l'arêne. Le prince de Galles
est proclamé vainqueur, et Richard ne
l'entend qu'avec un profond chagrin;
Edmond le console en lui disant que ce
n'est point sa faute si son arme s'est rom-
pue. La reine, après avoir couronné son
fils, détache un de ses nœuds de rubans
et le donne à Richard, qui le reçoit avec
reconnaissance, et l'attache à son bras.

Des joûtes plus sérieuses succédèrent
à ces jeux d'enfans; tous les chevaliers
se signalèrent par leurs exploits, et presque tous furent vaincus par William;
mais que lui importait sa victoire, celle
aux yeux de laquelle il voulait combattre et vaincre, n'y est pas; il ne douta
pas que c'était pour l'éviter qu'elle ne

s'était pas trouvée à cette fête, où elle aurait eu sûrement tant de plaisir à voir son fils entrer dans la carrière des combats, à l'âge auquel tant d'autres ne savent manier que les hochets de l'enfance.

Mais si William fut privé du bonheur qu'il s'était promis de rencontrer dans cette brillante assemblée l'objet de ses adorations, il ne put toutefois se défendre d'éprouver une grande satisfaction en voyant Richard annonçant qu'il serait un jour digne du sang qui coulait dans ses veines; il lui fit mille amitiés, ce qui consola faiblement l'enfant d'avoir été vaincu.

Le reste de la journée, qui fut partagée par un festin magnifique, où Richard eut l'honneur d'être admis, et placé près du prince de Galles, fut employé à des jeux plus conformes à l'âge d'Edouard et de Richard. Ils avaient quitté leur armure, et des pourpoints d'écarlate, brodés d'or, leur allaient à merveille, et

6.

leur laissaient les mouvemens parfaitement libres : ils luttèrent ensemble, et
Richard qui n'était point courtisan, vain-
quit facilement Edouard; il eut aussi le
prix à la course, et on fut intimement
persuadé que la lance ne se serait point
cassée, si on n'avait pas eu soin de prendre un bois beaucoup moins solide que
celui de la lance du prince.

. On termina la journée par une pro-
menade sur l'eau; des barques pavoisées
reçurent tous les seigneurs et les dames
de la cour, et cette belle flottille que le
Tam semblait porter avec orgueil, arriva jusqu'au pied des tours de Birmingham.

Henriette vint recevoir la reine, qui
mit pied à terre avec sa suite. Miss Herefort fit préparer, comme par enchan-
tement, la plus magnifique collation,
que l'on servit sous un berceau de chèvre-
feuille, de jasmin, de rosiers et de pam-
pre. De tous ceux qui accompagnaient

la reine, personne n'éprouva une joie
plus vive de l'arrangement que Marguerite avait fait pour ramener Richard à sa
mère, que William : il fallut bien que sa
belle-sœur le reçût ; et malgré le con-
tentement qu'elle éprouvait en entendant tout ce que Marguerite disait de
flatteur du jeune lord, elle eut donné
tout au monde pour se retirer.

Richard mit aux pieds de sa sœur les
deux couronnes qu'il avait remportées,
et il ajouta, en parlant à sa mère : « Je
devrais en avoir trois, mais sir Edmond
m'a donné exprès une mauvaise lance,
pour que je ne pusse pas désarmer le
prince ; voilà de la basse flatterie, et je
n'en aurais pas cru capable mon ami
Edmond. — Je suis persuadée, dit Henriette, que ton gouverneur n'a rien fait
pour t'empêcher de vaincre. — Et cependant je crois que c'était une chose
convenue. » William s'approcha un seul
instant de sa belle-sœur, pour lui dire

quelque chose de flatteur sur son fils ;
non-seulement elle y répondit avec la
plus grande froideur, mais même elle ne
put lui cacher combien sa présence lui
était odieuse, et qu'il ne devait attribuer
qu'à son respect pour la reine, si elle
restait dans le même lieu où il était. Il
n'osa pas insister, car il vit bien que c'é-
tait un parti pris, et il ne s'en consola
qu'en se promettant de mettre à exécution un plan qu'il avait formé depuis
long-temps, et que nous lui verrons
bientôt suivre. Comme il fallait retourner le soir même à Coventry, la reine
ne prolongea pas les instans qu'elle passa
à Birmingham ; on n'entra pas même dans
le château, et on remonta dans les barques, qui se trouvèrent illuminées, ce
qui devint bientôt nécessaire, car le jour
finissait.

Henriette avait en vain pris sur elle
de cacher le trouble qu'elle avait éprouvé
en revoyant William ; sa présence rou-

vrit toutes les plaies de son cœur, et
malgré tout ce qu'Edmond, lorsqu'il fut
seul avec elle, put lui dire des succès
étonnans de Richard, elle avait au fond
du cœur une si profonde tristesse, qu'il
lui semblait que toute espèce de bonheur
lui était interdit ; triste et malheureuse
situation qui ne laisse pas même l'espérance, ce bienfait céleste, qui ne peut
manquer à l'homme sans lui faire éprouver d'avance les tourmens des réprou-
vés. Bientôt la reine allait aussi connaître
tous les malheurs attachés à l'humanité,
et dont le rang suprême ne met pas toujours à l'abri. Tandis qu'elle se livrait
aux plaisirs que procure la paix, ses ennemis ne songeaient qu'à lui faire la
guerre.

Les comtes de Warwick et de Salisbury, sachant que la reine avait le projet
de se défaire du duc d'Yorck, en l'atti-
rant dans un piége, résolurent de ne pas
lui en laisser le temps ; ne doutant point

que ce prince avait de chauds partisans
dans le comté de Kent, ils envoyèrent
Fatcombrige pour y souffler le feu qui
commençait à s'y allumer; il était chargé
de répandre avec profusion un manifeste,
par lequel les seigneurs ligués décla-
raient qu'ils n'en voulaient point au roi,
mais qu'ils voulaient seulement punir un
ministère insolent, et assurer la couronne au duc d'Yorck après la mort du
roi.

Comme les recherches sévères que la
reine avait fait faire des auteurs de la
dernière conspiration, allarmaient un
grand nombre de familles, il se trouva
beaucoup de gens disposés à s'unir au
parti du duc, même parmi ceux attachés
autrefois à la maison de Lancastre; d'ailleurs on promettait au peuple de recon-
quérir ses libertés, et une diminution
d'impôts, mobiles toujours puissans sur
la multitude; aussi les comtes ayant dé-
barqué à Douvres avec quinze cents

hommes, se trouvèrent bientôt à la tête
de quarante mille; que l'on juge de l'effroi que cette nouvelle causa à la reine.
L'armée des révoltés prit aussitôt le chemin de Londres, qui leur ouvrit ses portes; ils ne trouvèrent de résistance que
dans le lord Scales, gouverneur de la
Tour, qui menaçait de détruire la ville
par le canon de la citadelle, ce qu'il faisait pour donner le temps à la reine de
rassembler ses troupes. Les ducs de
Sommerset et de Buckingham, qui ar-
rivaient aussi du continent, se hâtèrent
de se mettre à la tête d'une armée capable d'en imposer aux insurgés; la reine
en prit le commandement, ayant sous
ses ordres Sommerset et Buckingham.
On s'avança jusqu'à Northampton, et on
paraissait disposé à se présenter aux portes de Londres, dont le parti du roi,
comme nous l'avons dit, était encore
maître de la Tour. Les comtes qui cher-
chaient à négocier avec Scales, ne se dé-

cidaient pas à repousser l'armée royale,
quand le comte de la Marche, fils du duc
d'Yorck, fatigué des lenteurs de Salisbury, qui ne pouvaient s'allier avec son
bouillant courage, se mit à la tête des
troupes, les fit sortir de Londres, et laissant le comte pour faire tête au gouverneur de la Tour, il se fit accompagner
du comte de Warwick et de milord
Cobham, qui prenaient le titre de ses
lieutenans-généraux, et ayant mis la plus
grande activité dans leur marche, ils at-
taquèrent l'armée royale à Northampton.

On parut d'abord vouloir prendre la
voie des négociations ; l'évêque de Londres et l'archevêque de Cantorbéry vinrent faire des propositions que la reine
rejeta avec hauteur ; ils se retirèrent, et
Warwick envoya un héraut d'armes
pour demander au roi de vouloir bien
le recevoir ; le héraut ne fut chargé d'aucune réponse ; le comte le renvoya avec
ces quatre lignes ainsi conçues :

« Le comte de Warwick aura l'hon-
» neur de parler au roi dans quatre heu-
» res, où il sera étendu sans vie sur le
» champ de bataille. »

Ces mots parurent le signal du combat, et on s'y prépara de part et d'autre
avec une ardeur incroyable, à l'exception du roi, qui resta enfermé dans sa
tente, pendant que l'on décidait par les
armes s'il garderait ou non sa couronne.
La reine, placée avec son fils sur une
éminence, pour observer les mouvemens des armées, envoyait de là ses ordres (1). On était aux plus longs jours de
l'année, et tout devait faire croire que
le combat serait long et opiniâtre ; le
comte de Warwick commandait l'aile
droite de l'armée des révoltés, le lord
Cobbam la gauche, et le comte de la
Marche, le centre ; les ducs de Sommer-

_____

(1) La bataille de Northampton fut donnée le
14 juillet 1460.

set et de Buckingham étaient à la tête de
l'armée royale. Le premier choc fut terrible; les chefs avaient la plus vive ani-
mosité les uns contre les autres; on ne
combattit que deux heures, mais avec
tant de furie, que la terre fut jonchée de
morts. La victoire toutefois restait indé-
cise, quand le lord Grei, qui commandait un corps considérable de l'armée
royale, tourna tout à coup, et vint se
ranger sous les drapeaux du comte de la
Marche. Cette désertion, en affaiblissant
l'armée royale, ôta même aux troupes
restées fidèles, l'espoir de vaincre celles
des insurgés, et quelle que chose que purent faire Sommerset et Buckingham, ils
ne purent empêcher une grande partie
de fuir; comme ces troupes avaient derrière elles une rivière, les fuyards cru-
rent pouvoir la passer à gué, mais les
eaux étant beaucoup plus hautes qu'ils
ne l'imaginaient, ils furent presque tous
noyés; ceux qui restèrent fidèles furent

massacrés. Ainsi, la reine n'eut plus d'autre parti à prendre que celui de fuir avec le jeune prince de Galles et le duc de Sommerset. Ils avaient d'abord l'intention de se retirer à Birmingham ; mais l'espérance de rallier ce qui lui restait de troupes, fit prendre à la reine la route de Durham. Pendant qu'ils se sauvaient de toute la vitesse de leurs chevaux, lord Warwick s'empara du roi, sans qu'il vînt à l'esprit de ce monarque de faire la moindre résistance. On le conduisit à Northampton, et de là à Londres. Pendant toute la route, il ne parlait que de sa femme et de son fils, incapable de regretter une couronne qu'il portait sans s'occuper des devoirs qu'elle lui imposait ; il ne lui restait dans l'état d'imbécillité où il était réduit, que les sentimens de la nature ; et ainsi, il lui eût été entièrement indifférent d'être ou de ne pas être roi, pourvu qu'on lui rendît sa famille ; mais rarement on accorde cette

grâce aux princes détrônés ; ce n'est pas
assez de leur enlever leur couronne,
on ne veut pas même qu'ils soient pères,
et le plus douloureux abandon suit presque toujours la perte de la puissance.

CHAPITRE XLV.

Je ne rapporterai point ici les suites de cette funeste journée ; ce sera par les épanchemens de l'amitié que nous les apprendrons ; ce sera Marguerite elle-même qui les racontera à Henriette ; disons seulement dans ce moment-ci, combien ces tristes événemens furent sensibles à milady Wilz. Elle avait conçu pour son fils les plus hautes espérances, par la protection qu'il ne pouvait manquer d'avoir auprès d'Edouard, que l'ordre de la nature devait faire monter sur le trône avant peu d'années ; alors, que ne ferait-il pas pour cet enfant, avec lequel il avait rompu la première lance ; maintenant, qui sait si ce jeune prince échappera au fer des assassins qu'on allait répandre sur sa route ; milady, elle-même, n'était pas sûre qu'on la laisserait

tranquille à Birmingham ; elle ignore ce
que William est devenu après la bataille;
avait-il péri ? on disait bien qu'il avait
paru, au plus chaud de l'action, comme
un homme qui cherche à mourir; néanmoins la liste des officiers morts dans
l'affaire de Northampton, ne le portait
pas. Henriette est incapable de désirer
la mort de son beau-frère, même de son
ennemi, mais elle l'eût appris avec moins
de chagrin que celle de tout autre, puisqu'il ne pouvait être heureux, et qu'il
troublait sa vie.

Il y avait plus de six mois que l'Angleterre était livrée à la plus triste anarchie,
lorsqu'un vénérable ecclésiastique se
présente de l'autre côté du pont et demande avec instance que l'on veuille bien
le baisser, ayant des choses de la plus
grande importance à communiquer à
miss Herefort. Ses cheveux blancs, son
dos courbé par le poids des années, ne
doivent donner aucune méfiance; Ed-

mond, le prudent Edmond, juge lui-
même que l'on doit l'introduire, et qu'il
y aurait de l'inhumanité à laisser sans
asile un respectable ministre du Seigneur.
Le pont se baisse et le ministre est intro-
duit; Edmond l'interroge, il lui répond
qu'il ne peut remettre qu'à miss Herefort une lettre qu'on lui a confiée. Edmond va trouver Henriette, et lui com-
munique ce que le vieillard vient de dire,
en l'engageant toutefois à prendre des
moyens de prudence que sa position
exige; il lui conseille de recevoir ce prêtre dans la petite galerie, mais entourée
de sa maison, des écuyers et des pages
de lord Richard, qui restera avec madame Roberson.

Quand tout fut disposé, le vieillard
est conduit auprès d'Henriette, qui le
reçoit avec les égards dûs à son àge et à
son ministère : on lui présente un fauteuil; mais il reste debout; Henriette
alors se lève, et lui demande ce qui l'a-

mène? « Un secret de la dernière importance, dit-il en baissant la voix, et
qu'il me paraîtrait imprudent de confier
à un si grand nombre de personnes; ne
pourriez-vous pas, madame, me permettre de vous parler dans votre oratoire? — C'est impossible, mon révérend père, tout ce que vous voyez ici,
sont des gens qui composent ma maison,
et sur la discrétion desquels j'ai tout lieu
de compter; d'ailleurs, ils sont à une
assez respectueuse distance, pour ne pas
craindre qu'ils puissent entendre ce que
vous avez à me dire. — Il m'avait cependant été bien recommandé de ne vous
remettre la lettre dont je suis chargé,
que si vous vouliez bien me permettre
de vous parler seul à seul. — Ce n'est
point mon usage, mon révérend père,
remportez votre lettre, si vous ne pouvez me la donner ici; je n'en attends au-
cunes qui m'intéressent assez vivement
pour enfreindre la loi que je me suis im-

osée. — Celle que je tiens vous causera
ne joie si vive, que je crains qu'elle ne
e vous soit dangereuse. — Donnez
onc. — Je vous le répète, vous en se-
ez saisie de joie. — Cela me paraît dif-
icile, ce sentiment m'est bien étranger.
— Les nouvelles que j'apporte le feront
enaître dans votre cœur. — Donnez-la-
noi, vous me faites mourir par votre
iésitation. — Eh bien! la voilà. — Que
rois-je, ô ciel!..... mon époux!.... je
ne meurs. » Le vieillard n'eut que le
emps de la soutenir, elle serait tombée
ur le marbre qui recouvrait le plancher
le la galerie. Jenny, Hamilton accou-
ent, la prennent dans leurs bras, et
bientôt elle ouvre les yeux. « Ah! dit-
elle, la joie ne fait point de mal, où est-
elle, cette lettre chérie? Edgard, mon
cher Edgard, tu vis, je puis espérer de
te revoir.» Et se plaçant dans un fauteuil,
elle lit cette lettre dont l'écriture lui est

bien connue. C'est Edgard qui écrit, qui
date sa lettre du 23 janvier 1461.

Lisons, et pour faire plaisir au lecteur
nous allons la lire avec elle.

D'Air, le 23 janvier 1461.

« Le fidèle Cramps a enfin brisé mes
» fers, chère épouse; viens à Air en
» Ecosse, amène ton fils, car je sens
» que je suis père; un vaisseau prêt à
» mettre à la voile nous attend, et les
» rochers des Orcades nous déroberont
» à l'univers; pense que c'est ton époux,
» le père de ton fils, qui t'appelle, les
» momens sont chers. Le vénérable
» Macmonal veut bien se charger de ma
» lettre, vous pouvez venir avec lui, sa
» vertu est la plus sûre escorte que je
» puisse vous donner; vous passerez
» dans la route pour sa nièce. Cachez,
» chère Henriette, sous les vêtemens
» d'une bourgeoise Ecossaise, vos char-

» mes, dont la seule idée me fait frémir
» de volupté; encore huit jours et nous
» serons réunis pour toujours.

 » Tout à toi, ton amant, ton époux,

   » Edgard WILZ. »

Quoique Henriette ne soupçonnât point que l'écriture fût contrefaite, car c'est bien celle d'Edgard, il n'y a aucun doute, le style lui fait croire que ce n'est pas son époux qui l'appelle; il lui semble que dans cette position il lui eût écrit avec bien plus de chaleur, ou plutôt il n'eût pas écrit, il serait venu ou il eût au moins envoyé Cramps ; pourquoi choisir pour un semblable message, un homme entièrement inconnu? Recueillant en elle-même toutes les puissances de son âme, il lui semblait qu'une voix intérieure lui dît : Ne te livre pas à une trompeuse espérance. Elle dit au vieillard : « Ce que mon époux me mande, ne peut s'exécuter si promptement; allez

vous reposer, mon révérend père ; on va
vous porter à souper dans votre chambre, et demain nous verrons à prendre
les mesures nécessaires pour faire la
route avec sûreté. » Le prêtre parut satisfait de cette réponse ; on le conduisit
dans une chambre de la grosse tour, où
on lui apporta à souper. Sir Jacques ne
le quitta pas ; il lui fit mille questions sur
Edgard, auxquelles l'autre ne répondit
pas toujours juste ; enfin, le vénérable
vieillard parut au majordome un maître
fripon ; et pour plus de sûreté, il ferma
sa porte en dehors avec de gros verroux,
et comme les fenêtres étaient grillées,
on était bien sûr qu'il n'échapperait pas.

Jacques vint faire part à sa maîtresse
de ses soupçons sur cette ambassade.
« Je la crois, comme vous, entièrement
fausse ; cependant, dans le doute, il n'y
a qu'un parti à prendre, c'est que sir
Edmond parte pour Air ; il s'informera
s'il y a un vaisseau qui attend des passa-

gers; si mon Edgard est vivant, si c'est lui qui me désire, il reconnaîtra bientôt Edmond, ou il se fera connaître à lui, et comme ce n'est que la crainte de mon père, dont sûrement il ne sait pas la mort, qui l'aurait empêché de venir ici, Edmond lui apprendra que je suis seule avec son fils; alors il l'amènera, et nous récompenserons son pieux messager de quelques jours de captivité, par l'assurance d'une vie tranquille et heureuse. » Sir Jacques trouva ce parti très-sûr; miss en convint avec Edmond, à qui elle dit : « Partez, mon cher Edmond, puisse votre retour me rendre mon époux; mais je ne m'en flatte en aucune manière. » Edmond, toujours prêt à servir sa chère maîtresse, partit, et fut bientôt au but de son voyage.

Arrivé à Air, il s'informa s'il y avait un étranger arrivé depuis peu; on lui dit que l'on savait qu'à la taverne du *lion rouge*, il y avait un lord qui faisait beau-

coup de dépense, et dont la suite était
considérable ; qu'il paraissait attendre
quelqu'un, car il avait toujours une voi-
ture attelée de quatre chevaux, et qu'il
passait toute la journée sur le grand chemin. L'hôte ajouta : « Si vous voulez le
voir, il ne tient qu'à vous ; tenez-vous
ici, il va bientôt rentrer, et il passe toujours devant ma porte. » En effet, Edmond se tint caché dans son manteau,
assez près de la taverne, et il ne fut pas
peu surpris lorsqu'il reconnut lord William. Edmond se retira aussitôt dans la
maison où il était descendu, et où son
valet et ses chevaux étaient logés : il
écrivit au lord en ces termes :

« Monseigneur,

» Comme le temps d'un ministre du
» roi est précieux, je vous engage à n'en
» pas perdre davantage à attendre miss
» Herefort, qui est fort tranquille dans
» son château de Birmingham, dont elle
» ne sortira pas, je vous assure. Je vous

» préviens aussi que votre agent y est
» arrêté, et sera, aussitôt mon arrivée,
» livré à la justice comme faussaire; en
» même temps j'ai l'honneur de vous as-
» surer que vous ne serez compromis en
» rien, que l'on ne prononcera pas même
» votre nom. Ainsi ne réclamez pas ce
» scélérat et laissez le pendre sans vous
» en mêler, et il ne vous arrivera rien
» de fâcheux. Pardon, monseigneur, de
» la liberté que je prends de vous écrire
» aussi familièrement, mais excusez un
» vieux soldat qui sait mal farder la vé-
» rité.

 » Je suis avec un profond respect, etc.

   » EDMOND,
  » Gouverneur du duc Herefort. »

Edmond remit lui même cette lettre
au maître de la taverne et piqua des
deux, de sorte qu'il était déjà loin
d'Air, quand William reçut sa lettre;
sa colère fut extrême, il ne se possédait
pas : cependant il finit par réfléchir que

le conseil d'Edmond était le seul qu'il
eût à suivre. Il rentra en Angleterre, décidé à renoncer à une femme que rien
ne pouvait ni séduire ni effrayer. La
capitale était encore en proie aux fac-
tions, et il attendait la suite des évènemens pour prendre un dernier parti.

Quant à Henriette, elle saisissait les
moindres lueurs d'espérance; et quoiqu'elle regardât le vieillard comme un
faussaire, au fond du cœur, elle se flattait
que ce qu'il avait dit était vrai; elle attendait Edmond avec impatience, et elle ima-
ginait toujours qu'il ne reviendrait pas
seul; de sorte qu'en le voyant traverser
le pont, n'ayant avec lui que le valet
qu'il avait emmené, son cœur se serra; il
lui sembla perdre une seconde fois son
Edgard.

Edmond entra, et lui raconta ce que
nous avons écrit plus haut; elle ne put
s'empêcher de sourire en pensant à la

fureur de William, lorsqu'il aura lu la
lettre d'Edmond. On parla ensuite de ce
que l'on ferait de son émissaire ; Henriette réfléchit qu'on ne pouvait le livrer
à la justice, sans compromettre son beau-
frère ; que ce coquin était vieux, qu'ainsi
il n'avait pas de longues années à vivre,
que ne pouvant pas le rejeter dans la
société où il ferait de nouveaux crimes,
il fallait le laisser dans la chambre ou
il était, l'y nourrir, et lui donner tout ce
qui lui serait nécessaire ; que l'aumônier
irait le voir de temps en temps pour le
convertir. On lui signifia sa sentence que
ces temps permettaient aux seigneurs
d'exécuter, car ils étaient souverains
dans leurs châteaux. Il la reçut avec assez de soumission, avoua qu'il n'était
pas prêtre mais un ancien forçat ; que le
lord William ayant su qu'il avait été mis
aux galères comme faussaire, lui promit
sa liberté et cent guinées, s'il voulait imi-
ter à s'y méprendre l'écriture qu'il lui

fit voir et qui était signée *Edgard*; qu'il
avait été un an à pouvoir y parvenir, et
il ajouta : « Enfin, monseigneur fut con-
tent, et comme il m'a trouvé de l'intelli-
gence, il m'engagea à porter moi-même
la lettre, me disant qu'au lieu de cent
guinées une fois payées, comme je ve-
nais de les recevoir, il m'en donnerait
cent de rente ; cela me parut si avanta-
geux, que j'ai fait tout ce qu'il a voulu et
me voilà privé pour toujours de ma liberté ; mais au moins ma prison n'a rien
de dur, je suis bien nourri, bien couché,
j'ai encore bien des grâces à rendre à
Dieu. » L'aumônier profita des bonnes
dispositions de cet homme et le convertit.
Il passa huit ans dans sa prison, qu'Henriette naturellement bonne et compatis-
sante, adoucissait le plus qu'il lui était
possible, lui permettant de prendre l'air
sur le haut de la tour, où il s'était fait
une espèce de jardin. On lui donna un
chien, des oiseaux, des livres, de l'en-

cre et du papier ; mais il n'avait de communication qu'avec l'aumônier et sir Jacques, de peur qu'il ne fît usage de son funeste talent.

Henriette n'entendait plus parler ni de l'homme au javelot ni de son beau-frère, dont elle ignorait même l'existence. Débarrassée d'amans si désagréables, elle commença à recevoir du temps, ce grand consolateur, quelqu'adoucissement à la douleur que lui avait causée la mort d'Edgard ; il lui devint possible de s'occuper de l'éducation de son frère, et elle trouva dans cette occupation, une distraction infiniment précieuse, car elle voyait avec un sensible plaisir Richard se développer de jour en jour.

Cependant son caractère l'effrayait quelquefois ; il osa, un jour qu'elle le reprenait sévèrement pour une faute assez grave qu'il avait commise, lui dire : « Qu'il trouvait bien étrange qu'une sœur qui était dans sa dépendance, se permît

de lui parler ainsi. » Ce mot prononcé
avec la hauteur des Herefort, perça le
cœur d'Henriette ; la douleur d'une mère
que son fils offense est la plus poignante
de toutes. « Hélas ! dit – elle, pourquoi
ai-je consenti qu'il ne fût que mon frère?
et que serait-il sans cela, qui aurait rati-
fié mon hymen ? j'ai dû faire ce que j'ai
fait pour lui, il l'ignore ; dois-je être étonnée qu'il n'en soit pas reconnaissant ? »
Cependant elle en parla à Edmond, qui fit
sentir à l'enfant à quel point il était cou-
pable ; le gouverneur lui dit : « C'est moi,
milord, qui suis dépositaire des dernières
volontés de lord Herefort ; c'est moi,
qu'il a spécialement chargé de vous les
apprendre ; il m'a recommandé surtout
d'exiger de son fils les plus grands égards
pour sa fille, sa chère Henriette, de-
mandant pour elle l'intérêt de tout ce
qui l'entourait, comme étant l'être le
plus vertueux et le plus intéressant qu'il
eût jamais rencontré. » Richard frappé

de ces paroles reconnut sa faute, en demanda pardon à sa sœur; c'était beaucoup pour un caractère comme le sien,
et la tranquillité revint au milieu d'eux.

Il n'en était pas de même à la cour;
les vicissitudes continuelles de bonne et
de mauvaise fortune de la reine, pendant l'adolescence de son fils, ont fourni
à un de nos célèbres romanciers (1), un
récit où la fable et l'histoire se trouvent
si artistement unies, qu'il est difficile, à
moins d'être très-versé dans l'histoire
d'Angleterre, de savoir précisément ce
qui appartient à l'une ou à l'autre.

Les historiens me donneraient des
guides plus certains; comme je l'ai dit
au commencement, je n'écris pas les
mémoires de Marguerite, mais ceux
d'Henriette; je me bornerai à dire, que
la reine, plus grande dans la mauvaise
fortune que dans la prospérité, sut par

(1) L'abbé Prevost.

son habileté à manier les passions de ceux avec qui elle avait à traiter des intérêts de son époux, appeler sous ses drapeaux une armée considérable ; elle qui s'était éloignée de son camp, n'ayant que huit hommes à son service ; car elle avait exigé que le duc de Sommerset passât en France pour y faire ses complimens à Louis XI, qui venait de monter sur le trô:e après la mort de Charles VII (1), et solliciter de lui des secours. Mais ce prince dont la politique conduisait toutes les démarches, ne crut pas devoir paraî-tre publiquement le protecteur de sa cousine ; il ne lui donna que de faibles espérances de secours et quelqu'argent, qu'il regardait comme utile à entretenir le feu de la discorde chez ses voisins, qui ne pouvaient point ainsi terminer leur différens par un coup décisif.

Cependant la reine rassembla, comme

(1) En 1461.

nous l'avons dit, une armée considérable;
et au moment où le duc d'Yorck la
croyait passée en France avec son fils, il
apprit qu'elle faisait un dégât horrible
sur ses terres. Il marcha aussitôt avec le
comte de Salisbury, à la tête de vingt
mille hommes, pour s'opposer aux progrès de l'armée royale. Il s'avança jusqu'à Vakilfield, la reine ayant établi son
camp dans la plaine; le duc d'Yorck
trouva l'armée royale très-forte, il n'osa
risquer une bataille et s'enferma dans
son château de Sandal, qui était impre-
nable. La reine l'avait défié sans pouvoir
l'attirer dans la plaine; enfin, par une
manœuvre digne d'un général expéri-
menté, elle fit croire à son ennemi
qu'elle avait eu l'imprudence d'envoyer
la plus grande partie de ses troupes pour
une expédition dont il ignorait le but.
Alors le duc profita de cet instant pour
venir fondre sur Marguerite; mais les
troupes qu'il avait crues éloignées, s'é-

tant cachées derrière une colline, repa-
rurent aussitôt et enveloppèrent celles
du duc qui furent complettement bat-
tues. Le duc d'Yorck perdit la vie dans
cette retraite ; Salisbury fut fait prisonnier ; la reine porta la vengeance au
point de l'envoyer dans une petite ville,
dont ses troupes s'étaient emparées, pour
lui faire couper la tête. On dit que ce malheureux vieillard répandit quelques larmes, en pensant qu'il allait perdre par
les mains du bourreau, une vie qu'il avait
illustrée par tant de hauts faits.

Marguerite ne fut plus occupée que
de se rendre à Londres ; mais il lui restait un ennemi terrible dans la personne
du comte de la Marche, qui avait à venger la mort de son père et de son frère,
massacrés de sang-froid après la bataille.
Aussi il ne respirait que la vengeance,
et tout ce qu'il souhaitait avec plus d'ardeur, était de s'emparer de la reine ; il
lui coupait tous les chemins de la capitale

par des marches et des contre-marches ;
il y eut de part et d'autre des rencontres
qui furent signalées par des victoires;
mais cette déesse presqu'aussi capricieuse
que la fortune, se rangeait tantôt sous
les drapeaux de la reine, tantôt sous
ceux du comte de la Marche, quand
celui-ci que la mort de son père avait
rendu chef de la maison d'Yorck, se fit
proclamer roi à Londres sous le nom
d'Edouard IV, comme souverain légitime; et Henri après un règne de quarante ans fut traité d'usurpateur.

Rien ne pouvait causer à la reine un
plus grand embarras ; elle revenait à
Londres avec son époux, elle comptait
qu'ils y feraient leur entrée avec toute la
pompe que la victoire lui avait promise,
et elle se voyait fermer les portes de
cette ville, où un jeune prince, l'espoir
et l'amour des habitans de Londres , occupait le trône. Cependant elle ne perdit
point courage et s'avança avec son ar-

mée jusqu'à la plaine de Tawerton, où celle d'Edouard se trouva au même jour. Celle de la reine était beaucoup plus forte ; mais il arriva, que quoique la sai-fût avancée, c'était le dimanche des Rameaux, le vent le plus piquant souffla tout le temps de l'action et porta dans le visage des Lancastriens une neige qui les aveuglait, et leur causa un tel désavantage qu'ils furent presque tous massacrés, malgré le plus intrépide courage, se faisant tuer à leur place, par un ennemi qui voyait où il portait ses coups, et immolait sans danger ses victimes.

Enfin fatigués par une résistance qui paraissait aux soldats de la reine entièrement inutile, ils tournèrent le dos et ce fut alors un massacre horrible. Un ruisseau qui arrêtait leur marche fut bientôt tellement rempli des cadavres de ceux qui étaient tués en fuyant, qu'ils servirent de pont à leurs malheureux compagnons, qui n'en échappèrent pas da-

vantage à leurs cruels vainqueurs; le
nombre de ceux qui périrent dans cette
bataille s'éleva, dit-on, à 40000 hommes;
la rivière de Wark, qui recevait les eaux
du ruisseau où s'étaient jetés les fuyards
fut teinte pendant plusieurs jours de
leur sang.

Edouard espérait après la victoire
s'emparer de la reine, du roi et de leur
fils; mais ils avaient déjà quitté les murs
d'Yorck teints du sang des plus illustres
chefs du parti vainqueur, dont les têtes
exposées sur les remparts furent rempla-
cées par celles des amis de Henri ou
plutôt de Marguerite, tués dans cette bataille, dont la perte fut un malheur in-
calculable pour la maison de Lancastre.

La reine laissant son mari et son fils
sous la garde du duc d'Exester, passa en
France pour y implorer le secours du
roi et du duc de Bourgogne; elle en revint avec peu de succès. Pendant son
absence Sommerset ayant appris que

Marguerite revenait en Angleterre avec
le sénéchal de Normandie, nommé Lavarenne, l'un des plus beaux hommes de
France, en conçut une telle jalousie,
qu'il se rendit à Londres où il prêta serment à Edouard. Mais la reine lui ayant
écrit pour lui reprocher sa trahison, il
revint bientôt à elle, et enleva même au
nouveau roi Raoul Percy qui l'avait suivi
dans sa désertion, et ils rejoignirent la
reine. Cette princesse avait depuis son
retour obtenu du roi d'Ecosse la permission de faire des levées dans ses états, et
cette petite armée se grossissait peu à peu.
On vint camper à Exham; l'armée tra-
vaillait à s'y fortifier pour attendre de
nouveaux secours; mais Montaigu attaqua Henri dans ses lignes, et le fit d'une
manière si brusque qu'il fut impossible
de lui résister; presque toutes les troupes
de Marguerite furent massacrées, et le
roi et la reine se sauvèrent par des routes
différentes.

Sommerset n'eut pas le bonheur de périr les armes à la main, il fut fait prisonnier, et Montaigu lui fit trancher la tête ; il paya ainsi de sa vie sa double trahison.

Après les évènemens les plus bizarres, évènemens attestés par les historiens les plus véridiques, la princesse, qui n'avait pas voulu se séparer de son fils, se trouva un jour près de Birmingham ; elle voulut revoir la fille de son ancienne amie. Elle fut reçue avec transport par Henriette, qui avait pris une part bien sincère à toutes les vicissitudes de cette grande reine ; ses malheurs la lui rendaient encore plus chère. Elle la supplia de se reposer quelque tems chez elle ; S. M. y consentit. Henriette pria la reine de lui raconter les évènemens qui avaient suivi la déroute d'Exham, dont elle avait entendu parler si diversément. Marguerite lui promit de la satisfaire le lendemain.

Le lendemain, on passa dans la grande

galerie, où S. M. permit que les officiers
et les demoiselles de milady Wilz se
trouvassent. Edouard et Richard, qui
s'étaient revus avec plaisir, étaient assis
l'un près de l'autre, et portaient une
grande attention à ce que disait la reine,
l'un comme se rappelant les fâcheuses si-
tuatious où il s'était trouvé, l'autre comme les apprenant avec un extrême étonnement. Le plus grand silence régnait,
et Marguerite commença ainsi son récit.

CHAPITRE XLVI.

« J'ÉTAIS à peine remise de la fatigue des voyages que j'avais faits sur le continent, où j'avais appris la trahison du duc de Sommerset; cette trahison me causa beaucoup de chagrin, quoique le ciel m'eût procuré dans la personne du sénéchal de Normandie un ami et un défenseur sur l'attachement duquel je dois d'autant plus compter, que n'étant point né mon sujet et n'ayant aucun intérêt qui puisse le lier à un parti plutôt qu'à un autre, je ne dois les services qu'il m'a rendus qu'à l'intérêt que je lui ai inspiré, et qui m'étant entièrement personnel ne peut être sujet aux chances politiques. Cependant je ne voulais pas repousser les marques de repentir de Sommerset lors de mon retour en Angleterre, et il ne tarda pas à venir me joindre avec

beaucoup d'autres officiers de distinction.
Je les reçus avec des témoignages de
joie, et j'en avais, infiniment, je l'avoue,
à voir abandonner à ces hommes importans le parti d'un vainqueur insolent,
pour celui d'un roi accablé de malheurs
et d'infirmités. Mais hélas! il était écrit
que rien ne pourrait nous garantir de la
plus cruelle infortune. Je ne vous dirai
point de quelle manière nos lignes furent
forcées à Exham; la renommée n'a que
trop publié nos malheurs : mais ce que
vous desirez de savoir, c'est comment je
parvins à sauver mon fils après cette fa-
tale déroute. La nuit qui s'approchait
confondant les objets facilita ma fuite;
sans réfléchir aux dangers auxquels je
m'exposais, ni si j'étais accompagné ou
non, je pris Edouard par la main, et
sortant de ma tente où j'étais seule avec
lui, je me trouvai hors du camp sans trop
pouvoir dire de quelle manière. Je savais que nous étions près d'une forêt; et

mon unique desir était de la joindre : il me semblait que ces chênes antiques m'offraient un abri tutélaire. Nous avions près d'une lieue à faire pour y être arrivés, et une grande quantité de terres labourées à traverser, car je ne voulais pas suivre un chemin frayé dans la crainte d'être rencontrée par l'armée de Montaigu. Je me dirigeais sur la forêt que je distinguais encore, car le ciel était serein, et le crépuscule suffisait en plaine pour se conduire. Edouard n'avait pas l'habitude de marcher, ayant toujours été à cheval dès sa plus tendre enfance. Il y avait plusieurs jours qu'il n'avait plu, de sorte que ces terres, dont le soc de la charrue avait brisé la surface, étaient aussi dures qu'inégales. Je les traversais avec peine, mon fils encore plus, et je craignais de ne pouvoir gagner l'entrée du bois, car ses pieds étaient en sang. Cependant je l'encourageais par l'espoir de se reposer sous les grands arbres

qu'il appercevait, et il y parvint malgré
la douleur qu'il ressentait. Nous nous
trouvâmes enfin sous les sombres voûtes
de la forêt. Le dirai-je ? je payai le tribut
de mon sexe lorsque je me vis prête à
m'enfoncer dans cette nuit profonde,
dont le silence n'était interrompu que
par les cris lugubres des oiseaux funèbres.
Je me sentis tressaillir ; des fantômes
me paraissaient traverser les ténèbres et
venir à moi ; mon fils tremblait, et je
sentais combien il était important de ne
pas laisser la crainte s'emparer de lui,
car alors je n'aurais pu le faire avancer.
Je vainquis donc entièrement celle que
j'épouvais, et je lui dis qu'il fallait rendre grâces à Dieu, qui nous faisait trouver une retraite aussi sûre que commode
dans ces bois ; que la divinité habitait
plus spécialement les forêts, qu'elles
avaient été les premiers temples ; en
changeant ainsi le cours de ses pensées,
je vis qu'il se remettait peu à peu. D'ail-

leurs l'herbe fraîche ou plutôt la mousse
qui tapissait le terrein où nous marchions,
humectée par la rosée, nous rafraîchis-
sait les pieds et calmait la douleur que
nous avions ressentie dans les terres labourées. Nous fîmes ainsi environ deux
lieues dans la plus profonde obscurité,
et voyant qu'Edouard était extrêmement
fatigué, et me trouvant assez éloignée
de l'entrée de la forêt, je me décidai à
nous arrêter et à passer la nuit dans le
lieu où nous étions. Je cherchai en tâ-
tant quatre arbres assez près les uns des
autres, comme s'ils nous eussent servi
de muraille ; il me parut qu'il y avait de
l'herbe assez haute, pour qu'en nous
couchant elle nous servît de tapis : puis
m'étendant par terre, je pris mon fils
dans mes bras, de sorte qu'il ne pouvait
souffrir de l'humidité de la terre, et je le
garantis de celle du serein en détachant
mon voile dont je le couvris. Edouard
est dans l'âge heureux où aucun des mal-

heurs de la vie n'interrompt le sommeil ;
et à peine eut-il posé sa tête sur mon
sein , qu'il s'endormit aussi profondément que dans le meilleur lit.

» Pour moi, il me fut impossible de
fermer l'œil de la nuit ; je ne pouvais
bannir à force de courage, les raisons
de crainte que nous devions avoir, dont
la moindre était celle des bêtes féroces,
qui pouvaient venir nous attaquer la
nuit. Il y en avait encore beaucoup d'autres : des maraudeurs, des contreban-
diers, des braconniers, enfin des voleurs
pouvaient fondre sur nous. Il n'en fallait
pas un grand nombre pour s'emparer
d'une femme et d'un enfant, et je me re-
prochais déjà le parti que j'avais pris ;
mais il n'était plus possible d'en changer.

» Mon fils dormait paisiblement ; comment espérer le réveiller et le faire marcher une partie de la nuit pour revenir
sur nos pas ? il fallait attendre les premiers rayons du jour pour chercher une

habitation moins dangereuse. Hélas ! j'oubliais que celle des lieux fréquentés l'était bien plus pour moi. Je ne pouvais douter que l'usurpateur eût mis ma tête et celle de mon fils à prix, et ne pouvant faire taire l'appât du gain sur des hommes sans éducation, les châteaux étaient-ils plus sûrs que les cabanes, et le désir de gagner les bonnes grâces de celui qui se disait roi, ne pouvait-il pas engager les maîtres à nous livrer. Non, non, restons ici : les bêtes sauvages sont moins à craindre que les hommes. Ceux de notre espèce qui parcourent cette vaste étendue, ne s'embarrassent guères de moi ; quand nous entendrons du bruit, nous nous cacherons dans un buisson. Restons dans cette profonde solitude, nous partagerons avec les animaux qui l'habitent, leur nourriture ; nous en prendrons quelques-uns au piége, et je saurai bien les préparer pour en nourrir Edouard. Que ne peut faire une mère pour conserver

la santé de son fils ? et déjà je m'arran-
geais pour passer un mois dans le plus
épais de ce bois antique, quand tout à
coup je crus apercevoir une faible lueur,
qui me parut à une assez grande distance;
elle changeait de place, et semblait s'approcher de nous ; il me paraissait que
ceux qui portaient ces flambeaux venaient droit à nous. Cependant, je pensai qu'il me serait facile de les éviter en
m'y prenant de bonne heure ; mais j'é-
prouvais la même difficulté qui m'avait
empêché de changer de place : comment
réveiller Edouard et le faire marcher ?

» Pendant que je délibérais, la lumière
approchait toujours, et enfin elle me fit
apercevoir un groupe d'hommes, dont
bientôt je distinguai les voix, qui me paraissaient celles de gens de la lie du peuple. Les mots qui parvenaient jusques à
moi étaient des juremens et des blasphê-
mes qui me remplissaient de terreur.
J'avais d'abord cru que c'étaient des sol-

dats de l'usurpateur, qui battaient la forêt pour me chercher moi et mon fils, et
cette pensée me glaça le cœur ; mais
comme ils s'approchaient toujours, je
compris par ce qu'ils se disaient, que
c'étaient des voleurs, qui étaient pour
moi bien moins redoutables.

» J'avais pris l'habitude, depuis que
je changeais presque toujours d'un lieu
à l'autre, de porter sur moi mes pierreries ; aussi, malgré qu'une personne
royale qui a perdu sa couronne, soit
fort peu de chose parmi les hommes ci-
vilisés, je devenais, pour des voleurs,
une conquête importante, et je me flat-
tais qu'en cette considération ils me lais-
seraient la vie. A peine avais-je conçu
cet espoir, que je vis ces scélérats qui,
selon toute apparence, nous avaient
aperçus, venir sur nous ; je réveillai
mon fils, afin que la surprise qu'il allait
avoir fût moins grande ; et me levant, je
vins au-devant de ceux qu'il m'était im-

possible d'éviter, et m'adressant à celui
qui me parut le chef, je lui dis : « Vous
devez rendre grâces au ciel de la proie
qu'il fait tomber dans vos mains. J'ai sur
moi pour plus de vingt mille livres ster-
lings de pierreries, que je vous aban-
donne sans regret ; mais laissez-moi et à
mon fils nos habits, qui seront pour vous
de fort peu de valeur en comparaison du
don que je vous fais, et permettez, mes-
sieurs, que nous suivions notre chemin.
— Nous te laisserons la vie et tes habits,
dit-il, après avoir considéré les joyaux
que je lui présentais, ceci vaut beaucoup
mieux ; mais pour te laisser poursuivre
ton chemin, nous n'en ferons rien ; car
tu te rends peut-être dans quelque for-
teresse, d'où tu enverrais des hommes
armés pour nous poursuivre ; ainsi, tu
viendras avec nous, toi et ton fils. »

» Cet arrêt me parut cruel, mais que
faire ? il m'était impossible de l'éviter.
La fille et la femme d'un roi, l'héritier

présomptif de la couronne d'Angleterre,
forcés de suivre une troupe de voleurs,
quelle cruelle position ! Dieu, satisfait
de ma résignation, ne m'abandonna pas
dans cette cruelle extrémité.

» A peine les voleurs eurent-ils vu le
trésor dont leur chef venait de s'emparer, qu'ils lui demandèrent de le parta-
ger ; mais comme celui-ci prétendait,
étant capitaine de la troupe, en avoir la
plus grosse part, ils en vinrent aux mains
avec une telle furie, qu'ils ne s'occu-
paient plus de nous. Alors, prenant mon
fils dans mes bras, je m'enfuis de la vitesse de mes jambes loin du lieu du combat. Je marchai assez long-temps pour
que le jour pénétrât sous les arbres. Ces
premiers rayons de la lumière, et le
chant des oiseaux qui célébraient son retour, firent passer dans mon âme un
sentiment de reconnaissance envers la
Divinité qui nous fait trouver dans la
nature des jouissances même au sein des

8.

plus grands malheurs. Après une course aussi rapide, et chargée d'un fardeau précieux, mais au-dessus de mes forces, je tombai épuisée de fatigues. Edouard, que tout ce qu'il avait éprouvé depuis quelques heures frappait d'effroi, me voyant presqu'évanouie, se mit à pleurer; ses gémissemens attirèrent près de moi un de ceux de la bande à laquelle nous venions d'échapper si miraculeusement, et qui, selon toute apparence, était resté en arrière pour quelque expédition sanglante qu'il venait de terminer; il accourut sur nous le sabre levé. Je ne puis attribuer qu'à Dieu la résolution qu'il m'inspira : loin de me livrer à la crainte et de prendre le ton suppliant, je me rappelai les jours de ma puissance, et me souvenant que j'étais reine, j'essayai ce que pouvait faire sur cet homme le prestige de la grandeur; je lui présentai mon fils, et lui dis avec toute la dignité que j'ai reçue de la nature : *Mon*

ami, sauve le fils de ton roi. Rien ne
peut rendre l'impression que ces paroles
firent sur ce voleur, qui ayant, selon
toute apparence, déjà entendu parler de
la défaite d'Exham, crut en effet que je
pourrais être ce que je lui disais, et sans
hésiter, il me demanda ce qu'il fallait
faire, qu'il était prêt à me suivre avec le
plus grand zèle. Je lui dis, qu'excédé de
fatigue, je ne lui demandais que de porter mon fils qui ne pouvait plus marcher,
que pour moi je m'appuierais sur son
sabre, et que nous gagnerions ainsi quelque pauvre village où je resterais cachée,
et que de là il ferait dire à ceux qui m'é-
taient restés attachés, où j'étais. Il m'o-
béit aussitôt, et me remit son arme, ce
qui me donna beaucoup de sécurité ; car
je m'en serais servie contre lui, si je l'a-
vais vu disposé à me trahir ; mais il en
était bien éloigné ; au contraire, ayant
appris que ses camarades m'avaient enlevé mes pierreries, il m'offrit de re-

tourner sur nos pas, et qu'il les forcerait
bien à les rendre ; mais je regrettais peu
ces vaines richesses ; j'avais conservé la
seule qui m'était vraiment précieuse ,
mon fils.

» Cet homme, me voyant décidée à
poursuivre ma marche, me demanda si
je daignerais accepter sa maison pour
asile, ou plutôt celle de sa femme, qui
était une pauvre paysanne. « Elle ne sait
point, dit-il, quelle est ma profession ;
elle croit que je travaille dans les bois
de mon état de bûcheron : c'est la plus
honnête femme du monde, et chez laquelle votre majesté serait en toute sûreté. » J'acceptai aussitôt, et nous mar-
châmes une partie du jour pour arriver
chez Maria, qui fut bien étonnée en
voyant entrer avec son mari, une femme
et un enfant, dont les habits avaient un
air de magnificence. Le voleur ne lui dit
qu'une partie de mon secret.

» La première chose que je fis fut de

changer mes habits contre ceux qui ap-
partenaient à Maria, ainsi que ceux de
mon fils contre ceux de son garçon, qui
était de l'âge d'Edouard. Rien ne peut
être comparable aux soins que le mari
et la femme eurent d'Edouard et de moi.
Ils voulurent absolument que nous pris-
sions leur lit, où, après le meilleur souper qu'ils pussent nous donner, nous
nous couchâmes; et l'extrême fatigue
que nous avions éprouvée nous plongea
dans un sommeil si profond, qu'il sus-
pendit pendant plus de douze heures le
souvenir de tout ce qui aurait pu le
troubler.

» J'avais engagé mon voleur à aller
s'informer des nouvelles du roi et de
l'armée; et j'étais restée chez la bonne
Maria, qui nous avait préparé un fort
bon déjeuner. Elle sortit ensuite dans le
village, et rentra toute effrayée me dire
qu'il y était arrivé le matin des hommes
armés, qui s'informaient si on n'avait

pas vu une femme et un enfant; qu'elle
croyait bien que c'était moi qu'ils cher-
chaient, et qu'elle pensait que ce pouvait être des gens du roi. Quoique je
sentisse tout ce que cela pouvait avoir
de dangereux, si c'étaient des émissaires
de Montaigu, je désirais vivement d'avoir
des nouvelles du roi, dont j'étais beaucoup plus inquiète qu'il ne l'était de
nous; et grâce au changement que faisaient sur moi les habits de la bonne
Maria, je sortis de sa maison et allai
presque sur la place : la première personne que j'aperçus fut le sénéchal; vous
jugez quelle rencontre heureuse pour
moi, dans les circonstances où je me
trouvais. La joie du sénéchal ne fut pas
moins vive; il me cherchait avec tout le
zèle de l'attachement le plus vrai, depuis
la déroute à laquelle il avait si miraculeusement échappé, quoiqu'on l'eût vu
au plus chaud de l'action. Il m'apprit que
le roi était passé en Ecosse; après avoir

rallié sa petite troupe sous son étendard,
il l'avait envoyée à Carlisle, à l'entrée
du golfe de Solvai, où il m'engageait de
me rendre pour m'embarquer, et lon-
geant la côte, me retirer en Ecosse;
mais avant de partir, Lavarenne voulut
punir les brigands de leur audace, et
leur enlever un butin dont le prix pouvait m'être si nécessaire dans la position
où je me trouvais. Je ne voulais pas qu'il
s'exposât lui et ses deux compagnons,
dont un était un gentilhomme anglais et
l'autre son écuyer, à un danger dont
j'étais certaine qu'ils ne retireraient aucun fruit; mais il fut impossible de les
retenir. Je restai pendant ce temps chez
mon voleur qui, dans son ménage, était
le plus honnête homme possible.

CHAPITRE XLVII.

» Les recherches du sénéchal furent,
comme je l'avais pensé, absolument inutiles ; ces scélérats avaient sûrement
quitté la contrée, et étaient passé sur le
continent pour y jouir en repos de leur
riche butin ; mais si le sénéchal ne put
me faire rendre mes bijoux, il trouva
dans cette même forêt, un trésor bien
plus important pour moi : il parcourait,
avec ses compagnons, les endroits les
plus écartés de la forêt, quand ils rencontrèrent deux chevaliers qu'ils ne connaissaient pas et dont ils étaient peu
connus ; ils furent au moment de s'attaquer, lorsque l'un d'eux dit : « N'êtes-
vous pas le sénéchal de Normandie ? —
Oui, répondit-il. — Et moi, reprit l'autre, je suis Edmond, frère du malheureux duc de Sommerset, qui, après avoir

été fait prisonnier à Exham, a péri par
les ordres de Montaigu ; nous nous sommes , le duc d'Exester et moi, retirés
ici pour chercher le moyen de passer en
Ecosse. — Il ne tiendra qu'à vous, reprit Lavarenne, de faire la route avec la
reine. » Et il leur apprit que j'étais cachée chez un paysan qui m'avait re-
cueillie chez lui après la déroute. Ils ne
perdirent pas un instant pour me joindre. Rien ne pouvait me causer plus de
joie, après avoir retrouvé le sénéchal,
que d'être réunie au duc d'Exester et au
frère du duc de Sommerset, dont nous
pleurâmes le triste sort ; puis nous nous
décidâmes à prendre le chemin de Carlisle, ayant pour guide notre voleur qui,
connaissant des détours peu fréquentés,
cacherait notre marche à nos ennemis.
Mes illustres amis voulurent acquitter la
dette de la reconnaissance , en offrant à
Maria la moitié de l'argent qu'ils avaient
sur eux ; mais par une délica'esse bien

au-dessus de son état, et encore plus de sa profession, le mari défendit à sa femme de rien accepter; « n'ayant, dit-il, d'autre regret que de ne pouvoir leur offrir quelque chose de précieux qui pût les aider dans leur voyage. » Je me sentis tellement touchée de tant de générosité, que je lui dis : « *De toute ma fortune, ce que je regrette le plus, c'est le pouvoir de vous récompenser.* — Madame, dit-il en s'approchant de moi, pour que je puisse seule l'entendre, quelle récompense pourrait valoir les sentimens de vertu que vous avez réveillés dans mon âme : je renonce pour toujours à mon infàme profession, et mes enfans devront à votre majesté de n'avoir pas la douleur de me voir périr sur un échafaud. » Je l'assurai que j'étais très-enchantée qu'il fût revenu à des sentimens vertueux ; et j'ai su par la suite qu'il avait tenu sa promesse. Je gagnai Carlisle avec mes fidèles amis, et le gentilhomme anglais nous ayant procuré une grande barque, nous arrivâmes sans aucun danger en Ecosse, où je me croyais en sûreté; eh bien! ce moment fut celui où je me suis crue perdue sans ressource; peut-être, n'aurez-vous pas eu les détails de la trahison que j'éprouvai à Kerkebridge de la part d'un anglais nommé Cork. — J'en ai entendu parler, dit miss Herefort; mais, madame, étant racontés par vous, combien ces évènemens augmentent d'intérêt. » La reine reprit : « Ce fut à Kerkebridge que nous débarquâmes, les ducs, le sénéchal, son écuyer, l'anglais, dont le nom m'est échappé, et moi.

» Cork habitait une des maisons les plus apparentes de la ville, et nous crûmes que nous y serions en sûreté; il était anglais, et j'ignorais qu'il était attaché à la Rose blanche; d'ailleurs, je fis alors une faute : je me persuadai qu'il ne me connaissait pas, et je ne cherchai point à l'enchaîner par la confiance; il feignit

de ne pas savoir qui j'étais, ni les ducs,
que je ne gardai point auprès de moi,
les ayant envoyés vers le duc de Bourgogne, réveiller, en faveur de mon fils,
son ancienne affection ; j'envoyai aussi
l'anglais qui nous accompagnait, à la
cour du roi d'Ecosse, pour lui demander des secours, et en même temps, je
le chargeai de s'informer si l'on avait des
nouvelles du roi. Je restai donc seule,
avec le sénéchal, son écuyer et mon fils.
Je n'avais pas voulu, comme je l'ai dit,
me faire connaître, moins par méfiance
que par un sentiment d'orgueil, qui me
faisait éprouver une sorte de honte de
me voir si peu accompagnée et si pau-
vrement mise ; car j'avais toujours les
habits de Maria. Le contraste de mes
manières avec les vêtemens dont j'étais
couverte, fut, je crois, ce qui lui fit faire
attention à moi, et fut cause qu'il me
reconnut. Son attachement pour l'usurpateur ; l'espérance qu'il s'assurerait une

fortune considérable, s'il me livrait ainsi que mon fils à Edouard, lui fit exécuter la plus noire trahison.

» Au milieu de la nuit, ce scélérat entre, avec plusieurs hommes armés, dans la chambre où couchaient M. de Lavarenne et son écuyer; et se jetant sur eux avant qu'ils fussent réveillés, ils les garottèrent avec des cordes, et les entraînèrent loin de leur demeure, sans que j'entendisse le moindre bruit, parce que je couchais avec mon fils à l'autre extrémité de la maison. Cork ne fut pas long-temps sans venir troubler notre sommeil. Quelle fut ma surprise, quand je vis entrer cet homme dans ma chambre, dont il avait une double clef. « Levez-vous, me dit-il, ainsi que votre fils, et suivez-moi. — Vous, repris-je avec une extrême hauteur, et de quel droit ? — De celui auquel rien ne peut résister, la nécessité. » Et à ces mots il joignit la vue d'un poignard dont il posa la pointe

sur le cœur de mon fils. « Barbare ! arrêtez, m'écriai-je, nous vous suivons,
mais laissez-moi le temps de m'habiller.»
Il sortit : je réveillai Edouard ; et ne
voulant pas l'effrayer, je lui dis que l'on
venait nous chercher, qu'il fallait qu'il
se levât et s'habillât, ce qu'il fit avec une
extrême promptitude. J'eus aussi bientôt mis le juste écarlate et la jupe d'éta-
mine brune de la bonne Maria, dont je
regrettais bien le toit hospitalier. Le
traître Cork revint peu de temps après ;
et nous fit signe de le suivre ; j'obéis :
que pouvais-je faire ? Je mis ma confiance en Dieu, qui m'avait déjà tirée de
tant de périls ; je demandai seulement à
Cork, de manière à ce que mon fils ne
m'entendît pas, où était le sénéchal, et
pourquoi il ne partait pas avec nous ?
« Que vous importe, répondit-il, je n'ai
pas de compte à vous rendre. » Quand
nous fûmes prêts à sortir de la maison,
il prit fortement mon bras, de manière

à ce que je n'eusse pu lui échapper, et un autre scélérat comme lui portait Edouard, qui, m'ayant vu calme, car je paraissais l'être, ne fit aucune résistance, et crut que c'était un homme comme l'é-poux de Maria, qui lui évitait la fatigue de marcher.

Dès que nous approchâmes du port, il éteignit la lanterne qu'il portait : la nuit était très-noire ; un brouillard épais dérobait tous les objets, et je ne savais de quel côté on nous conduisait. Quand j'entendis le bruit des vagues qui venaient se briser sur le môle, alors je sentis mon sang se glacer dans mes veines, et je crus être au dernier moment de ma vie ; je pensais que le traître Cork ne nous amenait au bord de la mer que pour nous jeter dans les flots après nous avoir égorgés ; aussi, je regardai comme une faveur du ciel, quand je vis qu'il me conduisait dans une barque, où il me fit asseoir sur un banc ; l'homme qui portait

mon fils le déposa auprès de moi ; ce
cher enfant se pressait contre mon sein
et imitait mon silence ; mais je sentais ses
mains glacées, tant la nuit était froide et
le brouillard humide ; je n'eus d'autre
moyen de le garantir, que de le tenir
dans mes bras. L'obscurité était si profonde, que j'ignorais entièrement qui
était dans la barque, et si Cork y était
monté avec moi. Personne ne proférait
une parole, et on n'entendait que le
bruit des rames et celui des flots. Il n'y
avait aucun doute que nous étions sortis
du port, et que nous nous éloignions des
côtes d'Ecosse ; mais où nous menait-on ?
voilà ce que je ne pouvais savoir, et
j'attendais le jour avec la plus extrême
impatience. J'étais aussi fort inquiète du
sénéchal, qu'en avait-on fait ? j'avais sur
son sort les pensées les plus sinistres ; je
croyais qu'il avait été égorgé, ainsi que
son écuyer, avant qu'on nous eût enlevés ;
et d'imaginer que je ne verrais plus cet

ami si généreux et si désintéressé, ag-
gravait beaucoup mes douleurs. Enfin
l'aurore vint dissiper une partie de mes
peines, et sa lumière me fit voir que je
n'étais pas seule dans la barque; je re-
connus M. de Lavarenne et son écuyer;
mais dans quel état le ciel me les ren-
dait-il! liés avec des cordes qui les atta-
chaient à la proue du bateau.

» Cependant, le sénéchal ne m'eut pas
plutôt aperçue, qu'il m'exprima par signes qu'il allait travailler à notre déli-
vrance; et en effet, je vis qu'il s'occupait à user les nœuds de ses liens. Vous
jugez combien j'observais avec intérêt
ses moindres mouvemens, qui échap-
paient à nos pirates, parce que la mer
était difficile et qu'ils craignaient de s'y
perdre. J'ai toujours pensé que parmi
les cinq hommes qui composaient l'équipage, Cork s'y trouvait déguisé en ma-
telot; car il me paraissait bien extraordinaire qu'il nous eût abandonnés à des

mains étrangères ; nous qu'il regardait
comme un trésor qui assurait sa fortune.
Il était donc bien à présumer qu'il se
faisait une gloire infinie de nous livrer
lui-même à Edouard ; mais je n'eus pas
long-temps à m'occuper de ces pensées ;
un spectacle digne de toute mon attention vint s'offrir à mes regards : le sénéchal était parvenu à rompre ses liens, et
se jetant sur un des marins, il lui arra-
cha un poignard qui était à sa ceinture ;
puis, l'ayant étendu à ses pieds, il se
servit de la même lame pour couper les
cordes qui liaient son écuyer ; celui-ci,
libre comme son maître, prit un aviron
et tomba sur les autres forbans ; ils se
défendirent avec un grand courage ;
mais ils ne purent résister à l'adresse et
au sang-froid de Lavarenne et de son
digne compagnon. Spectatrice de ce terrible combat, je retenais avec une peine
extrême , Edouard qui, pour la première fois, sentait le désir de la ven-

geance, et de soutenir sa cause, en s'u-
nissant à ses défenseurs; mais il était et
il est encore trop jeune pour l'exposer à
un danger certain. Enfin, pour vous
donner une idée de l'opiniâtreté de cette
rixe, c'est qu'il ne resta pas une rame
entière, et qu'après que les braves Français eurent remporté la victoire la plus
complète, et eurent jeté les cadavres de
ces malheureux dans la mer, ils virent
qu'il ne leur restait rien pour conduire
la barque, et que, délivrés d'un danger,
ils étaient tombés dans un presqu'aussi
grand; car Lavarenne ni son écuyer
n'avaient nulle connaissance de la navi-
gation, et ils en auraient eu qu'ils n'eussent pu les employer, puisqu'ils n'avaient
plus ni rames ni avirons.

» Il ne nous restait donc que le secours de la Providence, et nous nous y
abandonnâmes. Pendant les premières
heures, la barque vogua assez tranquillement, et nous espérâmes qu'elle re-

gagnerait les côtes d'Ecosse, quand, vers le soir, il s'éleva un vent d'est qui nous poussait sur celles d'Irlande; mais par la protection du ciel, il changea encore, et passant au sud, il nous jeta, avec une extrême violence, sur les côtes du nord de l'Ecosse, où nous crûmes que nous allions être brisés; en effet, notre frêle embarcation échoua, mais sur un banc de sable qui tenait à la terre; et le choc avait été si terrible, qu'elle s'enfonça dans le sable de manière à ne pouvoir plus l'en retirer. Comme nous étions sûrs d'être en pays ami, nous prîmes le parti de sortir du bateau et de gagner la côte; mais ce ne fut pas sans des peines in-croyables : on enfonçait dans l'eau jus-qu'aux genoux; le sénéchal voulut abso-lument me prendre sur ses épaules, et son écuyer porta mon fils, qui n'aurait jamais pu se tirer de la vase qui couvrait ce récif.

CHAPITRE XLVIII.

» Quand nous eûmes joint la terre-
ferme, et que nos généreux compagnons
purent enfin se décharger de leur pesant
fardeau, nous jetâmes de tristes regards
sur cette plage déserte ; nous aperce-
vions bien un clocher qui nous indiquait
un village, mais il y avait encore loin
pour le joindre, et la nuit approchait.
Cependant, l'impossibilité de rester sur
la côte où nous n'aurions pas même pu
trouver un rocher pour nous mettre à
l'abri, la côte étant absolument plate,
nous obligea à gagner des habitations,
quelqu'éloignées qu'elles nous le parus-
sent : mon fils souffrait de la faim, car
nous n'avions pu nous charger des vivres qui étaient restés dans la barque,
qui, d'ailleurs, avaient été avariés par
le gros temps. Je lui fis entendre que les

plaintes étaient superflues, qu'elles ne changeraient rien dans la situation où nous étions, et que la patience était le seul remède que l'on pût opposer aux calamités dont la vie est semée ; il se tut, mais je souffrais plus que lui de ses douleurs ; enfin nous arrivâmes, à la nuit presque close, dans une bourgade, où nous eûmes toutes les peines du monde à nous faire comprendre, la langue que ces pauvres gens parlaient étant bien différente de l'anglais que l'on parle à la cour. Je parvins enfin à leur faire entendre que nous étions des naufragés qui demandaient en payant que l'on voulût bien leur donner l'hospitalité. Une vieille femme consentit enfin à nous recevoir : ô mon Dieu ! qui peut se faire une idée de la misère de cette maison ? nous ne pûmes pas même y trouver de paille fraîche, et ne pouvant nous résoudre à coucher sur celle où peut-être elle avait dormi six mois, je m'assis par terre,

n'ayant sous moi que le manteau du sénéchal, qui m'avait forcée à l'accepter,
et je pris mon fils sur mes genoux. Ce
n'était pas la première fois que je l'avais
garanti des influences de la nuit, et j'eus
la consolation, malgré qu'il n'y eût pas
la moindre chose à manger chez cette
pauvre vieille, de le voir s'endormir
paisiblement; la situation gênée où j'étais
ne me permit pas d'en faire autant; le
sénéchal et son écuyer combattaient le
sommeil, quelle que chose que je pusse
leur dire, de sorte que, à l'exception de
mon fils et de la vieille, qui ronflait à
ébranler les parois de sa triste demeure,
nous passâmes une très-mauvaise nuit;
mais enfin elle valait beaucoup mieux
que celle où j'avais été attaquée par les
voleurs, et plus récemment encore, celle
sur la barque du traître Cork.

» Dès qu'il fit jour, Lavarenne sortit
pour voir s'il ne trouverait pas quelqu'a-
bri moins mauvais que celui où nous

étions, cela n'était pas difficile : la première personne qu'il vit fut le pasteur
de ce pauvre troupeau ; cet ecclésiastique un peu moins malheureux que ses
paroissiens, était l'homme du monde le
plus bienfaisant ; ayant vu le sénéchal
qui paraissait chercher quelque chose,
il vint à lui, et s'apercevant qu'il était
Français, il lui parla sa langue : ayant
été élevé à Calais, il parlait indifférem-
ment l'anglais et le français. Quel est
l'homme qui n'éprouve pas une satisfaction sensible à entendre les mots qui ont
frappé son oreille sur le sein de sa nourrice, et surtout s'il espère en se faisant
entendre, obtenir les secours dont il a
le plus extrême besoin ? La physionomie
vénérable du pasteur, la manière affec-
tueuse dont il aborda le sénéchal, don-
nèrent à celui-ci toute confiance ; il ne
lui dissimula point qui nous étions : le
vénérable prêtre en parut encore plus
empressé à nous secourir ; il dit au séné-

chal de venir nous chercher, tandis qu'il
allait faire préparer ce qui nous était
nécessaire. Lavarenne s'empressa de venir nous tirer de notre triste asile ; et
quand il nous eut dit le bonheur qui nous
attendait, nous eûmes bientôt fait nos
adieux à notre hôtesse, à qui le sénéchal
donna un louis d'or de France, qu'elle
regardait comme une médaille ; mais il
l'assura que son curé lui en donnerait la
valeur.

» Nous fûmes bientôt au presbytère,
où nous trouvâmes un bon repas et un
lit excellent pour moi et mon fils ; c'était
celui du curé, que je ne pus jamais décider à le reprendre tant que nous de-
meurâmes chez lui ; le sénéchal fut, ainsi
que son écuyer, fort bien couché, et
jamais nuit ne nous parut plus douce.
Pourquoi, quand on est malheureux,
faut-il se réveiller ? lorsque les besoins
indispensables à l'existence sont satis-
faits, on sent plus vivement les peines

morales. Je savais bien que je n'avais
rien à craindre chez ce bon curé, qui
avait beaucoup entendu parler de moi,
et qui se trouvait heureux de pouvoir
me témoigner son admiration et sa sensibilité pour mes malheurs, mais j'en
avais de plus grands encore à redouter :
je ne savais où était le roi, et tous les
jours j'attendais l'Anglais que j'avais envoyé au roi d'Ecosse, et il ne revenait
pas. Hélas! je n'ai jamais su quel a été
son sort ; peut-être est-il retourné
dans sa famille, voyant qu'il ne pouvait
rien obtenir de la régence, ou quelqu'é-
missaire d'Edouard l'aura assassiné. Enfin, ne le voyant pas revenir, je demandai au sénéchal d'envoyer son écuyer.

» Tout cela me faisait perdre un tems
que je croyais bien précieux ; je l'em-
ployai cependant, secondé par le digne
curé, à commencer l'éducation du prince
de Galles, et j'ai eu tout lieu de me louer
de son application ; M. de Lavarenne lui

a aussi appris le français; de sorte que ces jours d'attente n'ont pas été sans utilité pour mon fils. Enfin le gentilhomme français revint avec une aussi bonne réponse que je pouvais la désirer : le roi m'envoyait des chevaux, des hommes d'armes pour m'accompagner, de l'argent, des présens de tout ce qui pouvait m'être utile, ainsi qu'à mon fils, et les assurances de la satisfaction qu'il aurait à me voir ; mais aucune nouvelle du roi, si ce n'est qu'il était venu à Edimbourg, qu'il avait quitté aussitôt pour repasser en Angleterre. J'espérais que cette conjecture était hasardée, car rien ne pouvait être plus funeste à Henri et à son parti.

» Arrivée à la cour, je reçus les plus grands témoignages d'affection de la part du jeune roi; et je me serais trouvée heureuse dans ses états, si j'avais su mon époux en sûreté, et que la pensée que je devais tout faire pour conserver la

couronne à mon fils n'eût pas été plus
forte en moi que le désir d'une vie tranquille. Ayant donc obtenu de la régence
de l'argent et un vaisseau, je me dispo-
sais à quitter Edimbourg, quand j'appris
que le roi était en effet rentré en Angleterre avec dix hommes qui lui avaient
juré de mourir avec lui ; qu'il s'était
tenu caché quelque temps dans la maison du fils de sa nourrice ; qu'un des domestiques de cet homme, voyant le respect que son maître témoignait à Henri,
se douta que ce pouvait être celui qu'E-
douard faisait chercher avec tant de
soins, et il le dénonça à un détachement
qui était cantonné près de la maison que
le roi habitait ; et dès la nuit même mon
époux fut enlevé et conduit à la Tour.

» A cette nouvelle, je pensai perdre
courage, et ne plus songer qu'à me retirer en Lorraine auprès de mon père ;
mais tout à coup je revins à des idées
plus dignes de ma destinée ; et vous savez

tout ce que j'ai fait depuis pour reprendre un sceptre que j'espère que mon fils
portera un jour avec gloire ; et je viens,
après tant de revers et de travaux, goû-
ter quelques momens de repos dans le
sein de l'amitié. » Henriette, pénétrée
de tant de bontés, remercia infiniment
la reine de lui avoir raconté d'une manière aussi détaillée, les suites de la bataille d'Exham.

On parla ensuite de William, dont la
reine ignorait entièrement l'existence ;
« Quelques-uns de ceux qui se sont sau-
vés de la bataille m'ont assuré, dit-elle,
l'y avoir vu avec cinquante hommes
d'armes, et qu'il y avait fait des actions
d'éclat ; comment alors n'a-t-il pas,
comme nos fidèles amis, essayé à me
joindre ? Il faut convenir qu'il n'a jamais
existé un homme d'un caractère aussi
bizarre ; quelle différence entre lui et
Edgard ; s'il avait vécu, combien vous
seriez heureuse. — Hélas ! madame,

tant de félicité n'appartient pas à la condition humaine ; Dieu est jaloux de nos adorations ; il est certain que s'il m'avait conservé mon époux, je n'aurais peut-être pas songé qu'il doit être le premier objet de nos affections, puisque séparée de lui, il occupe toutes mes pensées ; je le vois dans tout ce qui m'entoure ; je ne puis faire un pas dans ce vaste château, sans croire y voir les traces de ses pas. Si je descends dans la chapelle, je l'y crois présent ; quelquefois je vais rendre aux auteurs de mes jours, des devoirs funèbres, il me semble que son âme vient s'y joindre aux leurs.

» J'ai porté plus loin le prestige de la douleur : il y a quelque temps, j'étais descendue dans la partie des souterrains que j'ai fait conserver ; je voulais revoir la chambre où il avait passé la nuit qui précéda notre hymen ; j'y étais venue seule : le croiriez-vous, madame, un son lointain, qui paraissait venir des galeries souterraines, a frappé mon oreille ; ce son était celui de la voix d'Edgard ; il me semblait qu'il m'appelait. Saisie d'une terreur secrète, je restai immobile, sans oser changer de place ; trois fois le même son se fit entendre ; mais ensuite a succédé le plus profond silence. Vingt fois je suis revenue sous ces mêmes voûtes, et ces accens sacrés ne se sont plus répétés. — Votre imagination a peut-être cru entendre. — Cela est possible ; mais cependant il me semblait que c'était mon nom que l'on prononçait, et que c'était bien Edgard qui m'appelait. J'ai pensé faire rouvrir les souterrains, pour les parcourir avec Edmond ; mais réfléchissant ensuite que si mon époux existait il n'aurait aucune raison de cacher son retour, et que par conséquent il ne viendrait pas dans les souterrains, j'ai fait visiter les anciennes ouvertures que j'ai fait boucher, et rien n'indiquait que l'on eût cherché à y pénétrer ; ainsi, je

suis réduite à croire, ou que mon imagination a été frappée d'une vaine illu-
sion, ou que ce tendre et sincère ami a
obtenu du ciel la faveur de se faire entendre encore une fois à sa triste veuve.
N'importe, ces murs m'en sont devenus
plus sacrés; je suis persuadée plus que
jamais qu'il les remplit de sa présence,
et qu'il est sensible au culte que je rends
à ses mânes : ainsi, mon amour, loin de
s'éteindre avec le temps, semble avoir
repris de nouvelles forces. — Je vous
écoute, ma chère Henriette, avec un
charme infini; vous peignez le sentiment
qui vous anime avec tant de vérité, que
que vous me faites envier jusqu'à vos
tourmens. L'amour est la seule passion
qui convienne aux femmes; elle les élève,
les rend meilleures; toutes les autres les
dénaturent. Que j'eusse été heureuse si,
unie à un prince qui eût joint à des manières faites pour m'intéresser, les qualités d'un grand roi; alors je l'eusse aimé

comme vous aimez Edgard ; mon amour
eût fait l'unique occupation de ma vie,
et je n'aurais pas été forcée de changer
le fuseau contre l'épée. La postérité me
jugera comme une femme fière, vindi-
cative, ambitieuse, jouissant au fond du
cœur du peu de mérite de son époux,
qui lui avait donné les moyens de développer des qualités qui eussent bien
mieux convenu à lui qu'à elle, et on
se trompera infiniment. J'eusse été bien
plus heureuse, tendre épouse et mère
sensible, renfermée dans le fond de mon
palais, faisant des vœux pour le succès
des armes de Henri, et n'ayant d'autre
soin que de tresser les couronnes de
lauriers que j'aurais été fière de poser sur
son front. Oui, je le sens, j'étais née
pour cette existence, la seule qui convienne aux femmes ; mais, hélas ! j'ai été,
dès mes premiers pas dans la carrière,
jetée hors du cercle que le ciel a tracé
pour les femmes, et il ne me reste plus

qu'à parcourir avec courage et résignation, celui où l'infortune m'a renfermée ;
si je succombe, au moins pourrez-vous
dire : *tout lui manqua, hors le courage.* » Henriette assura la reine que la
nature avait disposé les qualités dont
elle l'avait ornée, de manière à ce qu'elle
eût été, dans toutes les situations, une
femme adorable. Enfin elle lui dit ce
qu'un poète de nos jours exprimait en
vers à une princesse non moins belle,
non moins aimable, et plus malheureuse
encore que Marguerite :

> Née au-dessus des trônes ordinaires,
> Elle en a la majesté ;
> Née au village, elle eût été
> La plus aimable des bergères.

COLET.

Les louanges ne plaisent que dans l'i-
vresse du bonheur, elles en paraissent
une suite nécessaire ; mais quand on est
malheureux, loin de plaire, elles fati-

guent, et paraissent suspectes même dans la bouche d'un être dont l'attachement nous est connu; elle semblent une sorte d'ironie. « Je vous remercie, ma chère enfant, de l'opinion que vous avez de moi, mais elle ne changera ni la mienne, ni celle de ceux qui connaîtront et mes fautes, et mes malheurs.

La reine passa encore quelques jours à Birmingham, et l'amitié du prince de Galles et du jeune lord, qui entraient alors dans leur douzième année, prit un caractère de stabilité qui charma la reine et milady; car quoique sa majesté n'eût aucun soupçon de la naissance de Richard, elle trouvait à cet adolescent déjà quelque chose de si fier et de si décidé, qu'elle voyait avec plaisir qu'il serait un jour le ferme appui de sa maison. Marguerite à cet instant méditait de grands projets; elle se rendait à la cour de Louis XI, et n'avait pu se décider à quitter l'Angleterre sans revoir la fille

de son amie, et elle ne s'en sépara qu'a-
vec regret; mais il était impossible de
faire quitter à Henriette les murs de
Birmingham, où un sentiment inexpli-
cable l'attachait.

CHAPITRE XLIX.

RICHARD commençait au contraire à
s'ennuyer de la solitude où sa sœur vivait, et toujours persuadé qu'il ne dépendait point d'elle, et que même elle
dépendait de lui, il se plaignit que des
chagrins, auxquels il ne pouvait pas
prendre part, puisqu'on lui en laissait
ignorer la source, le privassent de vivre
avec des jeunes gens de son âge. « Quelle
différence y a-t-il des murs de ce château à ceux d'une prison ? tous mes plaisirs se bornent à pêcher dans le Tam :
j'ai, dans mon enfance, cultivé des fleurs,
mais cette occupation est trop tranquille
à présent pour moi ; je veux avoir une
meute, des piqueurs ; je veux apprendre à sonner du cor ; enfin je ne suis plus
un enfant. Voyez le prince de Galles, il
a déjà parcouru l'Angleterre, l'Écosse

et l'Irlande ; moi, je ne connais que Birmingham, et toujours Birmingham ; et la
chapelle de la reconnaissance, que l'on
appelle ainsi sans savoir pourquoi ; et ce
logement sous terre où ma sœur passe
des jours entiers, qui, dit-elle, lui rappelle d'importans souvenirs ; au moins
ils ne sont pas gais, car elle n'en revient
jamais que les yeux rouges et les joues
décolorées. Ah ! j'oubliais un de nos di-
vertissemens, c'est d'aller porter des
fleurs et des parfums sur le tombeau de
mon père et de ma mère, dont Dieu
veuille bien avoir les âmes ; mais qui, je
crois, pourraient fort bien se passer de
ces lugubres respects, qui m'attristent
au moins trois ou quatre heures par
mois, et qui, réunies, font plusieurs
jours par an entièrement perdus, car
ceux-là seuls doivent être comptés que
le plaisir remplit. — Oh ! mon cher, reprit Edmond, quelle morale avez-vous
adoptée ? — Celle de la nature. — Oui,

celle de la nature corrompue, car celle qui a conservé son innocence, ou plutôt qui l'a recouvrée par les eaux salutaires.... — O! grâce, mon cher Edmond, j'ai assez de ces phrases vides de sens, que l'aumônier me débite sans cesse. — Vides de sens; ô! mon ami, qui vous a dit de semblables choses? — Ma raison.

— Mais outre que votre raison n'est encore qu'à son aurore, celle de l'homme le plus savant est si peu éclairée, que sans un guide, il s'égare à chaque pas. — Eh bien! mon ami, vous êtes ce guide, et mon amitié pour vous me rend chers vos conseils; mais retranchez-en seulement le prône du pasteur, j'en ai assez d'une fois la semaine. — Eh bien! à quoi cela mène-t-il, que voulez-vous? — Je prétends que ma sœur reçoive du monde, invite des femmes aimables et belles, cela me donne des idées agréables : ma sœur est belle aussi, mais elle est ma sœur; Jenny n'est pas mal, mais que lui dire, elle n'a nul usage du monde ; madame Roberson est vieille comme le château ; Alworty est gentille ; autrefois elle jouait avec moi, à présent elle me repousse et devient aussi triste que sa maîtresse ; Clark est laide comme le péché ; enfin je veux voir renaître ici les plaisirs ; je veux chasser et boire avec mes voisins, et danser avec mes voisines. Dites tout cela à ma sœur, mon cher Edmond, et que cela soit, car autrement, je le lui dirais peut-être d'une manière qui lui serait moins agréable, parce qu'elle me ferait de ces réponses qui m'intimidaient autrefois, quand j'étais enfant ; mais à présent que je suis un homme.... — Pas encore tout-à-fait à treize ans. — Eh bien ! à treize ans on n'a plus que huit ans pour être majeur, et je prétends que ma sœur se relâche un peu de ses droits de tutrice, pour qu'à mon tour, quand je jouirai des miens comme chef de ma maison, j'aie quelque complaisance pour

elle. — Eh bien ! oui, je lui dirai ; mais,
moi, je vous engage à ne pas oublier les
dernières paroles de votre père. — Je
les sais par cœur, vous me les avez tant
de fois répétées ; dites aussi à ce vieux
radoteur de Jacques, qu'il ne s'avise pas
de me contrarier ; qu'il sache que je suis
son maître, et qu'en général tous les
domestiques l'apprennent. — Je le leur
dirai ; mais je vous engage, mon ami, à
ne point paraître si empressé de vous
emparer de la domination qui ne sied pas
à votre âge. Il faut obéir long-temps
pour apprendre à commander : vous me
parlez du prince de Galles ; voyez quelle
soumission, quel respect pour sa mère ;
il est cependant héritier présomptif d'une
couronne. — Que son père a perdue ;
d'ailleurs son respect pour sa mère est
une chose toute simple, une mère ou
une sœur, il y a une grande différence.
— Une sœur comme miss Henriette,
qui vous a tenu lieu de mère ; quel soin !

quelle tendresse ! — Je l'aime beaucoup
aussi ; mais je suis las de la vie qu'elle me
fait mener ; qu'elle en change et elle me
verra ce que j'ai toujours été avec elle.»

Edmond s'aperçut bien que quelques
mauvais conseils avaient changé les idées
de Richard ; et il en accusa un de ses
pages, Francisque Bunh, jeune homme
d'un caractère dur et indépendant, qui
donnait à son maître le goût du plaisir,
pour en jouir avec lui ; il était excellent
écuyer, tirait supérieurement, et faisait
des armes d'une manière surprenante à
son âge, car il n'avait pas quinze ans.
Edmond eût bien désiré l'éloigner de
son élève, mais rien n'était plus difficile
dans un jeune homme du caractère de
Richard. Il ne pense donc qu'à les sur-
veiller avec plus de soin que jamais, et
à les occuper tellement l'un et l'autre,
qu'ils n'eussent pas de ces longues con-
versations, qui, dans l'âge où l'on n'a
point encore acquis de connaissances

réelles, ne servent qu'à fausser le jugement, en employant la parole pour se
communiquer des idées folles, qui paraissent admirables, parce qu'elles éta-
blissent un système d'indépendance dont
l'homme est avide, sans penser à quels
maux il conduit.

Cependant, Edmond ne crut pas devoir dissimuler ses craintes à Henriette.
« C'est un jeune coursier que le frein
gêne, disait-il, il faut le lui faire moins
sentir. Il est certain, milady, que la vie
où votre douleur vous fait trouver des
charmes, ne peut convenir à l'âge de
Richard : si vous le permettez, j'irai chez
vos voisins annoncer qu'étant décidée à
faire émanciper votre frère, vous les in-
vitez à la fête qui célébrera ce beau jour;
et lorsque vous serez à table avec tout
ce que le canton a de plus considérable,
vous déclarerez, que mettant un terme
au long deuil que vous avez porté pour
la mort de ceux à qui vous deviez la vie,

dorénavant le comte Herefort, jouissant
de ses revenus, en consacrera une partie à recevoir ceux de ses voisins qui
lui feront l'honneur de venir chez lui;
qu'il aura un équipage de chasse, et que
deux fois par an il célébrera le jour de
sa naissance et celui de la sienne par des
joûtes dont le prix serait donné par la
plus belle. Vous verrez que Richard,
charmé de votre condescendance dans
les choses si indifférentes, se laissera
plus facilement gouverner pour celles
qui ont une grande importance. — Je ne
le crois pas, son caractère m'est trop
connu pour imaginer qu'il sera facile de
le conduire lorsqu'on le laissera vivre
dans le monde : vous savez vous-même
combien il hait le travail; sa facilité sup-
plée jusqu'à présent à l'application ;
mais quand les plaisirs se succéderont,
croyez-vous que vous pourrez lui faire
reprendre ensuite le cours de ses études?
— J'en conviens, mais il en sait assez

pour un gentilhomme. — Je ne puis m'accoutumer à ce principe ; quoi ! c'est parce qu'un homme est élevé en dignité qu'il doit en savoir moins qu'un autre ; oubliez-vous, mon cher Edmond, que c'est dans la chambre des pairs que se décident les affaires les plus importantes; et vous croyez qu'il faut que ces juges suprêmes des intérêts de l'état soient ignorans ? mais enfin, je ne demande pas mieux d'essayer de votre plan, quel-que contrariété que j'en éprouve, je m'y soumettrai, et je vous laisse le soin, mon cher Edmond, de tout disposer pour son émancipation ; mais je voudrais y mettre une condition, c'est qu'il renverra Fran-cisque Bunh dont le hasard m'a fait en-tendre une conversation avec Richard, qui m'a paru très-dangereuse. — Je voulais vous en parler, milady, mais je craignais de compromettre votre auto-rité. Je crois que nous aurons beaucoup de peine à l'en séparer; eh bien! tout restera dans l'état où nous sommes. »

Edmond vint retrouver Richard, qui l'attendait avec une grande impatience. « Eh bien! que dit ma sœur? — Elle approuve vos dispositions, et vous verra avec grand plaisir faire usage des talens que vous avez acquis; mais c'est à une condition, que vous éloignerez de vous Francisque Bunh. — Moi, éloigner de moi l'ami de mon enfance, le plus beau et le mieux né de mes pages, non, certainement, et je vois bien que miss Herefort veut me forcer à recourir à une autorité que je n'estime pas; mais enfin, il faut bien la réclamer, quand celle à laquelle on tient par principes est sans force. — Eh! qui vous apprend de si belles choses, mon cher Richard? comment à votre âge s'occupe-t-on de politique? comment a-t-on seulement la pensée de plaider contre une sœur que vous devez chérir si tendrement, qui fait ce que vous désirez, et qui n'y met d'autre condition que d'éloigner de vous un mauvais sujet ? » A cet instant Francisque entra ; il avait tout entendu du petit cabinet où il se tenait presque toujours quand Richard n'était pas seul. « Pourquoi, monseigneur, vous opposer aux volontés de miss ; elle ne veut plus que je sois à votre service, eh bien ! je retournerai chez mes parens ; trop heureux d'obtenir par ce sacrifice de vous voir libre et indépendant : je vous conserverai le plus tendre attachement, et Francisque sera toujours prêt à recevoir vos ordres. » Quelques signes dont il accompagna ce discours firent comprendre à Richard qu'il fallait avoir l'air de céder pour obtenir sa liberté, et qu'ils trouveraient bien le moyen de se réunir.

« Généreux ami, dit Richard en se jetant dans les bras de Francisque, j'accepte, ou plutôt je fais le sacrifice du

bonheur de t'avoir près de moi, à l'a-
mour de la paix ; mais comme je ne veux
pas que tu sois à charge à tes parens, ou
qu'ils te forcent à t'attacher à un autre
que moi, je te fais une pension de trois
mille livres argent de France ; vous di-
rez à ma sœur, M. Edmond, qu'elle en
fasse expédier le brevet. » Le gouverneur vit bien que l'on se jouait de lui et
même d'Henriette ; mais ne voulant pas
affliger celle-ci, il ne lui rendit de cette
conversation que ce qui pouvait lui faire
croire que son frère avait souscrit à sa
volonté, et qu'il ne demandait d'autre
témoignage de reconnaissance que d'assurer une existence indépendante à l'ami
de son enfance.

Henriette qui était aussi généreuse
que bonne, trouva cela tout simple. Le
brevet fut expédié : elle ajouta que les
six premiers mois seraient payés d'a-
vance ; ainsi, Francisque quitta Birmingham ayant quinze cents francs comp-

tant. Richard lui donna un très-beau cheval, des armes et un bracelet d'un grand prix avec son chiffre : ils furent enfermés deux heures avant de se séparer ; mais enfin Francisque partit, et Edmond se flatta que la légèreté de l'âge de Richard empêcherait qu'il ne mît de suite dans son attachement pour ce jeune homme. Des circonstances que l'on ne pouvait prévoir le rendirent plus fort, et nous ne sommes pas encore à l'instant d'en développer la cause.

Edmond s'occupa de la réunion des seigneurs et des dames de la contrée, pour célébrer le jour indiqué pour l'émancipation. Richard aurait ce jour-là 14 ans accomplis, et sa sœur 28 ; la vie retirée qu'elle avait toujours menée depuis la mort d'Edgard, avait conservé à ses charmes tout l'éclat de la première jeunesse, et si ses longs chagrins avaient imprimé à ses traits un caractère mélancolique, sa physionomie n'en était que plus touchante. Elle se décida, d'après les prières de son frère, à se parer ; et elle était précisément dans l'âge où la perfection de la taille reçoit un nouveau lustre de la toilette. Elle mit en pleurant les diamans de sa mère ; mais Richard le lui avait demandé avec tant d'instance, qu'elle ne crut pas devoir le lui refuser. Elle se rendit dans la grande galerie où se réunirent bientôt tous ceux qui étaient invités au repas, qui devait être magnifique, car il y avait huit jours que les plus habiles cuisiniers y travaillaient.

Parmi les convives, on distinguait le lord Auldei, qui avait hérité de la pairie lorsque son frère fut tué en attaquant, près de Warwickshire, le comte Salisbury. Auldei, cadet de sa maison, avait épousé une riche héritière ; mais par les clauses de son contrat de mariage, toutes les terres qu'elle avait apportées en dot devaient retourner à un parent du nom de madame Auldei, si elle mourait sans

héritier mâle; et il arriva qu'elle ne laissa
en mourant qu'une fille qui avait quinze
ans et était d'une grande beauté ; elle
ressemblait à son père qui passait encore
pour avoir une figure remarquable par
la régularité de ses traits et la noblesse
de l'expression. Henriette ne connaissait ni l'un ni l'autre : ils étaient proches
parens du duc de Buckingham, et habitaient un de ses châteaux, qu'il avait
donné à Edmée (c'était le nom de made-
moiselle Auldei), sa filleule, et qui devait lui servir de dot; car le frère aîné
d'Auldei s'étant ruiné par de folles dépenses, ne laissa à son frère qu'un titre
qui lui était plus onéreux qu'utile. Cependant, le château et les terres qui en
dépendaient lui suffisaient pour se soutenir honorablement tant que sa fille
n'était point mariée, aussi était-il dans
l'intention de retarder cet instant le plus
qu'il lui serait possible.

Auldei avait quelquefois désiré de se

remarier ; mais comme il avait la réputation de n'avoir pas rendu sa première femme heureuse par son avarice , et qu'il était sans fortune , il ne trouvait personne qui fût disposé à unir son sort au sien. Son intérieur était triste , et sa fille , du plus aimable caractère, souffrait avec patience la mauvaise humeur de son père , et persuadée qu'elle ne serait jamais heureuse , elle avait, au plus beau moment de sa vie , l'existence en haine , car elle était privée de tout plaisir , et sans cesse abreuvée de chagrins. Lord Auldei la contrariait du matin au soir, et non-seulement il ne s'occupait pas de lui procurer les distractions qui plaisent à quinze ans , mais même il s'opposait à ce qu'elle profitât de celles qui s'offraient, parce qu'il ne voulait point que ce fût une occasion de dépense. Aussi avare que son frère avait été prodigue, il ne s'occupait que de faire des économies sur les revenus d'Edmée , afin qu'à l'ins-

tant où il ne pourrait faire autrement
que de la marier, il eût au moins réalisé
assez de fonds pour être dans une situation aisée.

Cependant, ayant souvent entendu
parler de miss Herefort comme étant la
plus belle femme d'Angleterre, il désirait la voir, et il en saisit l'occasion avec
empressement, et ne crut pas devoir refuser à sa fille de l'accompagner. Edmée
s'en serait fait un grand plaisir, si elle
avait pu espérer que son père voudrait
bien lui permettre de se faire faire une
robe neuve et qui aurait été à la mode ;
mais elle ne risqua pas même de le demander, bien sûre qu'elle ne l'obtien-
drait pas, et qu'elle ne retirerait de cette
démarche qu'un refus et beaucoup d'humeur. Elle prit le parti de mettre une
robe de laine d'une extrême finesse et
d'une blancheur éblouissante ; une ceinture faite d'une tresse noire marquait sa
belle taille ; ses longs cheveux châtains

étaient tressés sur sa tête, et retombaient
en boucles sur son col. Aucun autre or-
nement n'était dans sa parure ; mais on
eût dit la figure symbolique de la mo-
destie, et cette extrême simplicité eût
peut-être été prise, par ceux qui ne
connaissaient pas Edmée, pour un rafi-
nement de coquetterie. Quand elle entra avec son père, tous les regards se
portèrent sur elle, et le murmure le plus
flatteur se fit entendre ; elle ne croyait
point qu'il s'adressât à elle, et eût voulu
se cacher dans un coin de la galerie,
bien persuadée qu'étant si simplement
mise, elle ne pouvait qu'être déplacée
dans une assemblée aussi magnifique ;
car les femmes étaient parées avec un
luxe qui ne se ressentait pas des calamités publiques. Henriette fut frappée des
grâces naïves d'Edmée, et vint au-devant
d'elle avec un empressement marqué ;
elle dit au lord Auldei qui la lui présen-
tait : « Milord, vous devez être fier d'être

père d'une aussi jolie personne. — Je ne
sais, miss, si ma fille est laide ou jolie,
je n'y ai jamais pris garde ; mais je sais à
présent qu'il existe une créature céleste
auprès de laquelle nulle autre ne pourrait paraître belle. — Je ne crois pas
qu'une femme puisse jamais nuire à miss
Auldei, si ce n'est par la jalousie que ses
charmes pourraient inspirer. — Eh !
mon Dieu, miss, il ne faut pas tant le
dire à une jeune personne ; elle n'est que
trop disposée à croire qu'elle est char-
mante ; mais enfin, je suis bien aise qu'elle
vous plaise ; elle se plaint toujours que
je ne lui fais voir personne ; si elle ne
vous gêne pas, je vous l'amènerai quelquefois. — Souvent, je vous en prie,
vous me ferez le plus grand plaisir : en
aurez-vous un peu, miss, à venir ici ?
— Vous ne devez pas en douter, madame ; mais j'ai besoin de toute votre in-
dulgence, j'ai été élevée dans une si
profonde solitude. — Vous en vaudrez

mieux, miss; enfin, ce dont je puis vous
assurer, c'est que je suis très-flattée que
milord veuille bien vous confier quelquefois à moi, et que je me ferai un devoir de répondre à son estime. » Le père
et la fille furent enchantés de ce doux
accueil, mais par des raisons différentes.

Quant à Henriette, occupée à recevoir tout ce qui arrivait pour la fête, elle
ne fit pas plus d'attention à cette conversation qu'à toutes celles qu'elle avait eues
avec les femmes qui devaient être du
repas : elle était loin d'imaginer que le
lord Auldei et sa fille auraient tant d'in-
fluence sur sa destinée. Le duc de Buckingham vint sans être invité, et fut fort
aise de voir sa filleule chez miss Herefort ; cette jeune personne lui était chère,
car il avait tendrement aimé sa mère,
qui était sa cousine germaine ; il demanda donc aussi à Henriette ses bontés
pour sa filleule, et elle les lui promit.
Miss présenta son frère au duc, qui lui

trouva des manières fort au-dessus de son âge ; et en effet, il semblait que le plaisir que Richard goûtait de se trouver maître d'un revenu considérable, et par conséquent de se livrer à toutes ses fantaisies, lui donnait une gaîté et une indépendance qui lui séyait à ravir. Le duc se plaça à table à côté d'Henriette ; Auldei enviait son sort, il ne put s'empêcher de le lui dire. « Je sens tout le prix de cette faveur, répondit le duc de Buckingham ; mais dans votre position, milord, on en serait peut-être plus digne que dans la mienne ; vous êtes libre et je ne le suis pas. » Henriette n'eut pas l'air d'avoir entendu ce que le duc avait dit. Auldei n'avait pas, en général, bonne opinion des femmes ; mais comme de ce moment il sentit qu'il aimerait Henriette, il se proposa de suivre ses démarches, et de ne se déclarer qu'autant qu'il serait certain que la conduite d'Henriette était exempte de tout reproche ; car il était

persuadé qu'il lui suffirait de dire : j'aime,
pour que l'aimable miss accepte sa main
et son cœur. Il savait qu'elle avait une
fortune indépendante de son frère, ainsi
il ne pouvait rien trouver qui pût lui
convenir davantage.

La fête fut brillante et parfaitement
ordonnée. Henriette déclara , comme
elle en était convenue, qu'elle se rendait à la société pour procurer à son
frère le bonheur d'en réunir chez lui une
agréable. Chacun l'en félicita, et lord
Auldei crut que c'était lui qui causait ce
changement dans les résolutions d'Henriette, tandis qu'elle n'avait pas seulement pensé qu'il fût chez elle, et n'aspi-
rait, à cet instant, qu'à voir finir cette
journée où elle s'était trouvée entourée
d'une foule importune.

Quant à Richard, comme nous l'avons
dit, il était au comble de la joie : Auldei
lui fit beaucoup d'accueil; il y prit peu
d'attention, il n'en fit pas même beau-

coup à Edmée ; et si Francisque, qu'il avait demandé pour cette fête, ne lui avait pas fait remarquer qu'elle était la plus belle, après miss Herefort, entre toutes les belles qui étaient dans la galerie, il n'y eût pas pris garde ; et pendant plus de deux ans que le père et la fille vinrent à Birmingham, Henriette ni son frère ne se doutèrent seulement pas que le lord eût des projets, dont nous le verrons, dans la dernière partie de ces mémoires, suivre l'exécution avec une persévérance qui n'eut cependant pas tout le succès qu'il s'en était promis.

FIN DU TOME TROISIÈME.